मिथ्या

वास्तविकता और कल्पना की सीमा पर
लिखी एक युवा लड़की की जीवन कथा

मनीष दीक्षित

Copyright © Manish Dixit
All Rights Reserved.

This book has been published with all efforts taken to make the material error-free after the consent of the author. However, the author and the publisher do not assume and hereby disclaim any liability to any party for any loss, damage, or disruption caused by errors or omissions, whether such errors or omissions result from negligence, accident, or any other cause.

While every effort has been made to avoid any mistake or omission, this publication is being sold on the condition and understanding that neither the author nor the publishers or printers would be liable in any manner to any person by reason of any mistake or omission in this publication or for any action taken or omitted to be taken or advice rendered or accepted on the basis of this work. For any defect in printing or binding the publishers will be liable only to replace the defective copy by another copy of this work then available.

मिथ्या

वास्तविकता और कल्पना की सीमा पर लिखी एक युवा लड़की की जीवन कथा

- -मनीष दीक्षित

i. चरित्र

*अयाती कश्चप (मुख्य किरदार)

*अर्फिया कश्चप/मिर्ज़ा (माता/द्विवतीय मुख्य किरदार)

*अनिरुद्ध कश्चप (पिता)

*निहारिका कश्चप (बहन)

-विरुष्का (बुआ)

-मूलचंद (फूफा)

*निश्चय (अयाती का प्रेमी)

~हामिद मिर्ज़ा (सौतेले पिता)

~रसूल मिर्ज़ा (हामिद का भतीजा)

~अनवर मिर्ज़ा (हामिद का भतीजा)

?अश्फाक...

~काशिफा मिर्ज़ा (हामिद की मृत पत्नी)

^रुस्मान बानो (अनवर की मंगेतर)

^आफताफ़ (रुस्मान के पिता)

+डॉ.आनंद (फॅमिली डॉक्टर)

*+~इनसिया (हामिद और अर्फिया की बेटी)

क्रम-सूची

प्रस्तावना

वास्तविकता में इस कथा का लेखन कार्य उस दिन से शुरू नही हुआ जब मेने मिथ्या का प्रथम शब्द लिखा था,मैं इससे पहले अपनी दो कहानियां और लिख चूका था जो बहुत छोटी-छोटी थी| मिथ्या से पूर्व की कथा 'द डायरी' इसी से मुलती जुलती है| उसमे भी मेने एक युवा लड़की की आत्मकथा को उसकी मृत्यु के पश्चात् उसकी डायरी के जरिये लिखा था और उसी के लेखन कार्य के समय मुझे मिथ्या का विचार आया| मेने कई प्रकार की कहानिया लिखने का प्रयास किया किन्तु में केवल निराशाजनक(depressing) कथा के अलावा कुछ नही लिख पा रहा था| मेरे खुद के जीवन में कुछ ऐसी घटनाये हुई थी जिसकी वजह से मुझे डायरी का सहारा लेना पड़ा अपनी व्यथाओ को सुनाने के लिए और शायद उसी के प्रभाव से मैं इस प्रकार की कथा का लेखन किसी और प्रकार से अच्छा कर सकता हूँ क्योंकि मेरे भीतर भी कहीं न कहीं कुछ हद तक वही भरा है जो मैं अपने चरित्रों के जीवन में लिखता हूँ| मेरे लिए इस कथा का लेखन इतना आसान नही था,एक तो ये मेरी पहली इतनी बड़ी रचना थी ऊपर से इसमें मेने केवल और केवल दुखो और मृत्यु को दर्शाया है तो इस कारणवश इसके लेखन के दौरान मुझे कई दिनों तक अजीब से सपने आते थे| हर सपने में एक जो बात समान थी वो थी मृत्यु,कभी मेरी खुद की होती थी तो कभी मेरे किसी दोस्त की| दिमाग में बस वही सब घूमता रहता था| मैं बस प्रयास कर रहा हूँ की हर दिन कुछ बेहतर लिख पाऊ और इस कहानी में मेने पुरी कोशिश की है की इसे पढ़ते वक़्त पाठक को ये उबाऊ न लगे|

   - मनीष दीक्षित

1

मैं एक खाली पड़े अँधेरे घर में बंधी हुई थी,न जाने कैसे मैं यहाँ पहुंची? घर पुरी तरह खंडहर था| धुल,मिट्टी,जाले बस यही सब था यहाँ| सन्नाटा इतना था की मेरी धडकनों तक की आवाज़ में सुन सकती थी| मैं एक पुराने जंक लगे एक बड़े से खम्भे से बंधी हुई थी जिसका एक सिरा एक सिरा इस टूटे पुराने खंडहर की छत चिर ऊपर की ओर निकल रहा था तो वही दूसरा सिरा न जाने कितनी अन्दर धरती में धंसा हुआ था| मेने उस रस्सी को खोलने की तमाम कोशिशे की पर हर बार में नाकाम हो जाती थी| मेने कई कोशिशे की पर हर बार नाकामी के सिवा कुछ हाथ न आता| मैं जोर जोर से चिल्लाने लगी "माँ-पापा!","माँ-पापा!" पर कहीं से कुछ जवाब नही आता,सन्नाटा इतना था की हवा के रुख से मेरी आवाज फिर मुझ तक ही आ जाती थी| गला बुरी तरह सुख रहा था पर यहाँ पानी की एक बूंद तक नहीं थी| गर्मी इतनी थी की पसीने के जरिये लगातार मेरे शरीर से पानी की मात्रा कम होती जा रही थी,मैं डीहाईड्रेट होती जा रही थी| फिर अचानक से किसी के कदमो की आहट आई,मैं जोर से चिल्लाई "कोई है?मेरी मदद करो" पर सामने से कोई जवाब नही आया| बस कदमो की आहटे सुन ऐसा लग रहा था जैसे वो कदम मेरी ओर ही बढ़ रहे हो| फिर एकदम से दरवाजा खुला,धुल उड़ी और एक लम्बा-चौड़ा बड़ी गहरी घनी दाढ़ी वाला आदमी अन्दर आया| मैं उसे कह रही थी "मुझे बचा लो,मेरी मदद करो" पर वो बिना जवाब दिए ख़ामोशी से मेरी तरफ

बढ़ रहा था| उसकी आँखे मुझे कुछ इस कदर देख रही थी मानो उसके इरादे नैक न हो| वो मेरे पास आकर बैठ गया और न जाने क्यों अचानक से हसने लगा| उसने मेरे कपड़ो को हटाने के लिए अपना हाथ बढ़ाया और जैसे ही उसने मुझे छुआ...मुझे कुछ आवाज़े आने लगी,मेने अपनी आँखे बंद कर ली थी पर आवाज़े तेज़ होती जा रही थी| मुझे हल्के से किसी ने हिलाया और जोर से एक आवाज़ आई "अयाती उठ बेटा,देख अपना नया घर आ गया" जैसे ही मेरी आँखे खुली मेरी माँ का नया पति और मेरी छोटी बहन किसी बात पर हस रहे थे| मेरी माँ कहने लगी "बेटा कितनी देर से सोई हुई है?देख अब घर आ गया,चल उठ जा!" दरअसल वो महज़ एक सपना था| हम लोग गाड़ी में थे और मेरी माँ के नए पति के घर आ चुके थे|

आओ शुरुआत से शुरू करते है जब मेरे पापा जिंदा थे, कहानी मैं नहीं कोई और बताएगा...

2

*-एड्बोर्ड शहर(Adbord City) युसोर्फ़(Eusorf) की राजधानी और एक जन्नत सा शहर| जहाँ और जगह गंदगी,शोर और सिर्फ सिरदर्द मिलता है वही इस शहर में सुकून मिलता है जो एक तरफ घने जंगलो और दूसरी तरफ झीलों से घिरा हुआ इलाका है| इस शहर में ही पश्चिमी छोर पर शांति नगर में रहता है कश्चप परिवार| अनिरुद्ध कश्चप CBE- Central bank of Eusorf में प्रबंधक है| तो वही उनकी धर्मपत्नी अर्फिया कश्चप एक गृहणी है जो की घर बार और अपने बच्चो में ही उलझी रहती है| अनिरुद्ध साहब की बड़ी बेटी **अयाती कश्चप एक** हल्की नीली आँखों वाली 19 वर्षीय युवती है जो अपनी माँ की ही तरह खुबसूरत थी| वो काली घनी गेरुए,हलके गुलाबी होंठ और चाँद के नूर सा चमकता चेहरा| इस वक्त की पीढ़ी में होने के बावजुब भी अयाती अपने हमउम्र लोगो से अलग थी| जहाँ उसकी उम्र के लोग फैशन के नशे में खोये रहते है तो वो अभी भी भक्ति भाव में यकीं रखती है,जिसने फैशन के नाम पर उल्टे सीधे वस्त्रो को कभी अपनाया नही| वो जब अपनी माँ की साड़ी पहनती थी तो जैसे कहर ही जाता था| बुर्खे में लिपटे होने के बाद भी उसकी आँखे...एक गहरे समन्दर जैसी थी जिसमे हर कोई डूब जाता था| एक अप्सरा...

अयाती एक समझदार और सुशील लड़की थी तो वंही अनुरुद्ध साहब की छोटी बेटी निहारिका कश्चप जो अभी महज़ १० वर्ष की थी एक बहुत ही शैतान और शरारती किस्म की लड़की है| अनिरुद्ध और अर्फिया का प्रेम विवाह हुआ तो दो अलग धर्मो में, इस कारण उनके

परिवार जन और रिश्तेदार काफी नाराज़ थे उनसे| शादी के इतने साल बीत गए थे,उनकी एक बेटी 19 बरस की हो गयी थी पर आजतक कोई रिश्तेदार उनकी शक्ल तक देखने नही आया था| हालात कुछ ऐसे थे की अयाती 19 साल की हो चुकी थी पर वो कभी भी अपने दादा-दादी या नाना-नानी या फिर किसी भी रिश्तेदार से नही मिली थी| न जाने क्यों समाज के लोग ऐसी रूढ़ीवादी सोच लेकर जीते है खैर किसी महान इन्सान ने कहा है की कुत्ते की दूम और ऐसे लोगो की सोच कभी सीधी नही हो सकती और वो महान इन्सान मनीष दीक्षित खुद है...XD

इश्वर जाने आज सूरज किस दिशा से निकला गया और हवा ने अपना रुख कैसे इतने सालो में मोड़ लिया? दरअसल सर्दियों का दिन,अनिरुद्ध साहब हर रोज की तरह बैंक चले गए| घर पर अर्फिया और उसकी दोनों बेटिया थी| अर्फिया रसोई में खाना बना रही थी तो वही उसकी दोनों बेटिया टीवी के रिमोट के लिए झगड़ रही थी| अयाती एक वेबसिरिज़ देखना चाहती थी तो निहारिका एक कार्टून-

अयाती:- देख छोटी एक एपिसोड देखने दे उसके बाद मुझे कॉलेज भी तो जाना है,फिर तू देख लेना|

निहारिका:- ओ! दीदी बेवकूफ नही हूँ मैं, आपको कॉलेज जाना है तो मुझे भी अपना होमवर्क करना है|

अयाती:- देख बस थोड़ी देर ही तो देखने वाली हु मै,प्लीज रिमोट दे दे न|

निहारिका:- नही! मुझे अपना पसंदीदा कार्टून झोंटू-घोंटू देखना है|

अर्फिया खाना पकाते हुए खुद से ही कह रही थी "हाय राम! मैं तो परेशां हो गयी इन लडकियों से" इतने में दरवाजे की घंटी बजती है...

अर्फिया:- अयाती बेटा जाकर दरवाजा खोल तो मैं यहाँ किचन में खाना बना रही हूँ|

अयाती निहारिका के पास से उठकर दरवाजा खोलने गयी और जैसे ही उसने दरवाजा खोला...दरवाजे पर एक औरत और एक आदमी खड़ा था| दरवाजे पर खड़े उस आदमी की आँखे कुछ इस कदर बड़ी थी मानो उसके ताल्लुकात रावण के खानदान से हो,और पेट तो मानो शरीर से ऐसा अलग-थलग झलक रहा था जिसके आगे गर्भवती महिला फीकी

पड़ जाए| और इनके बालो का स्टाइल...हाय लड़कीया कतई शैम्पू पीकर मर मिट जाए, तेरे नाम के सलमान खान से कम नही लग रहे थे पर थोड़े सस्ते वाले|

दरवाजे पर खड़ी औरत अयाती को निहारती हुई मुस्कुरा रही थी,मानो वो उसे जानती हो| पर अयाती उन्हें पहचान नही पा रही थी,उसने अपनी माँ को आवाज दी|

अयाती:- माँ! सुनो तो कोई आया है|

अर्फिया:- कौन है अयाती?

अयाती:- पता नही माँ,मैं नही पहचानती इन्हें| तुम आकर देखना तो ज़रा|

अर्फिया खाना बनाती हुई किचन से बाहर निकलती है और जैसे ही वो दरवाजे पर खड़े मेहमानों को देखती है उसकी आँखों में एक अलग सी चमक आ जाती है| मानो उससे उसकी खुशी रोकी नही जा रही हो| वो हलकी सी मुस्कुराई और जोर से चिल्लाई "विरुष्का दी! मूलचंद जीजाजी!" आप यहाँ? मतलब मैं अ...मैं बता नही सकती आपको यहाँ देखकर कितनी खुशी हुई है,आप आइये न अन्दर आइये| अर्फिया ने कहा

दरअसल दरवाजे पर खड़े दोनों मेहमान अयाती की बुआ विरुष्का और उसके फूफा मूलचंद थे| विरुष्का और मूलचंद जी अन्दर आकर बैठ जाते है,अर्फिया अयाती को पानी लाने को कहती है| फिर सब मिलकर बाते करने लगते है| अर्फिया के चेहरे पर एक अलग सी खुशी थी,न जाने आखरी बार ऐसी खुशी उसके चेहरे पर कब थी? अयाती पानी लेकर आती है और सभी को दे देती है|

अर्फिया:- दीदी ये मेरी बड़ी अयाती है और एक नन्ही शैतान भी है|

निहारिका बेटा यहाँ आना, देख कौन आया?

निहारिका:- आई माँ!

निहारिका होल में आकर सभी को प्रणाम करती है| फिर अर्फिया और मेहमानों के बीच बाते होने लगती है,निहारिका अयाती के पास आकर बैठ जाती है और धीरे से उसके कान में कहती है-

निहारिका:- दीदी मूलचंद फूफा को देखो! इनका नाक देख ऐसा लगता जैसे कीसी ने कम बेसन में बड़ा आलू डालकर पकोड़ा बना लिया

हो|

अयाती(हँसते हुए):- चुप हो जा पागल|

निहारिका:- दीदी आपको एक बात बताऊ?

अयाती:- अभी नही,चुप चाप बैठी रह|

निहारिका:- अरे! दीदी सुनो तो...आपको पता है न हमारे पड़ोस का चिंटू किडनैप हो गया था?

अयाती:- हां! तो?

निहारिका:- मुझे तो लगता फूफा ही चिंटू को किडनैप करके ले गए होंगे| अपने इतने ढीले कपड़ो में घुसा ले गए होंगे| हा,हा,हा

अयाती:- क्या पागलो जैसी बाते करती हो?

बाते काफी लम्बी चली,मेहमानों की खूब खातिरदारी की गई| मिठाइयाँ बनी,पकवान बने वो भी रोजाना से कुछ ज्यादा ही उर्जा और खुशी के साथ| बातो ही बातो में वक़्त कब बीत गया कुछ पता नही चला,सूरज भी ढल चूका था| शाम हो चुकी थी और अनिरुद्ध बाबु भी अब घर आ चुके थे, उन्हें भी मेहमानों को देखकर खुशी तो हुई पर खुशी से ज्यादा उन्हें हैरानी थी| खैर वो रात खुशनुमा माहोल में बीत गयी|

कहते है "हर सुबह नया सवेरा,नया दिन लाती है जो बीते कल से बेहतर होता है तो कभी कभी कुछ ज्यादा ही बत्तर...

नवम्बर १७,२०१३ की सुबह विरुष्का और मूलचंद कश्चप परिवार से उनके घर के लिए रवाना हो गए| उसी दिन अयाती की तबियत भी कुछ ख़राब हो गयी थी तो अनिरुद्ध उसे अस्पताल लेकर गया| जब वो लोग वहां पहुंचे तो अस्पताल का माहोल कुछ सही नही था, मरीजों की संख्या कुछ ज्यादा ही नज़र आ रही थी जिनमे से अधिकतर के शरीर पीले पड़ रहे थे| क्या ये पीलिया था?पर सबको एक साथ कैसे? अनिरुद्ध ने वह रुकना सही न समझा तो वो अयाती को लेकर एक प्राइवेट क्लिनिक में चला गया| वहां अयाती का इलाज करवाकर दोनों बाप बेटी अपने घर लौट आये, अनिरुद्ध ने अस्पताल में देखे नज़ारे के बारे में अपनी बीवी अर्फिया को बताया| ये सब वो भी काफी हैरान थी इतने में उनकी पड़ोसन दोड़ती हुई आई और कहने लगी "अर्फिया तुमने न्यूज़ देखि क्या?"

अर्फिया:- नही तो,क्यों? क्या हुआ?

"अरे बाबा देखो ज़रा,ये क्या हो रहा है शहर में?" उनकी पड़ोसन ने कहा| अनिरुद्ध टीवी चालू करता है तो न्यूज़ में जो था वो काफी भयावक था|

एड्बोर्ड शहर में किसी नयी बीमारी का आगमन हुआ था जो कितनी हद तक खतरनाक और जानलेवा हो सकती थी किसी को कुछ अंदाजा नही था| बस धीरे धीरे लक्षण सामने आ रहे थे| उन्हें पता तो बस इतना था की कुछ है जो धीरे धीरे पीड़ित के शरीर को खाए जा रहा था| इन्सान की देह पीली पड़ रही थी,वक़्त के साथ चमड़ी बहुत पतली होती जा रही थी| शरीर के साथ ज़हन पर भी इस बीमारी का प्रभाव हो रहा था| अभी तो महज़ एक खबर थी,एक झलक थी,शुरुआत थी| न्यूज़ देख कश्चप परिवार के मन में डर बैठा गया| वो दिन वो रात वाकई डर भरी थी,सो सब गए थे पर आँखों में नींद और दिल में चैन किसी के नही था| था तो बस डर...

१८ नवम्बर २०१३ की सुबह बहार से कुछ आवाज़े आ रही थी| अर्फिया ने बाहर जाकर देखा तो सभी लोग उनके पडोसी मनीष दीक्षित के घर जा रहे थे| अर्फिया ने उनमे से एक आदमी से पूछा "अरे! आप सभी मनीष के घर क्यों जा रहे है?" "पता नही अर्फिया जी मनीष जी को क्या हो गया है?बुरी तरह चीख रहे थे,पागलो जैसी हरकते कर रहे थे हम कुछ लोगो ने मिलकर उन्हें उनके घर में ही बांध दिया है तो हम उन्हें ही देखने जा रहे है" अर्फिया के पडोसी ने कहा| अर्फिया अनिरुद्ध को लेकर मनीष के घर गयी| जब वो वहां पहुंचे तो मनीष की हालत देख उनकी रूह कांप उठी| २७ साल के मनीष दीक्षित को न जाने कैसा रोग लगा था?उन्हें बेड से बाँध रखा था| उनके दोनों हाथो और पैरो को एक लोहे की ज़ंजीर से बाँध रखा था| वो बुरी तरह चिल्ला रहा था| शरीर मानो बदल ही गया हो| तन के बाल उड़ चुके थे,देह पुरी पीली पड़ चुकी थी और चमड़ी इतनी पतली हो गयी थी की शरीर पर एक हलकी सी खरोंच भी तुरंत खून ला सकती थी| उसके हाव-भाव से ऐसा लग रहा था जैसे उसपर उसका काबू न हो,उसके अन्दर का इन्सान ही मर चूका हो| आँखे पुरी लाल हो चुकी थी और उनमे से कुछ कुछ रक्त प्रवाह हो रहा था| समझ नही आ रहा था वो लोगो को पहचान भी पा रहा है या नही? उसे कुछ दिखता भी था?न

जाने क्या हुआ था उसे? ये सब किसी होरर फिल्म की कहानी से कम नही था| कुछ वक़्त बाद वहां पुलिस और मेडिकल टीम आ गयी| मनीष को वो लोग अपने साथ लाये एक बड़े से कांच के बक्से में गए| वो मंज़र काफी खौफनाक था,उसके परिवार पर क्या बीतती जब उन्हें मनीष की इस हालत के बारे में पता लगता पर बदकिस्मती से पिछले ९ सालो से वो यहाँ अकेला ही रह था| इन बीतो ९ सालो में कभी भी उसके मुह से उसके किसी भी रिश्तेदार या परिवार जन का ज़िक्र नही हुआ था, न ही उससे मिलने कभी कोई आया था| पूछने पर हर बार सवाल टाल देता था|

५-६ दिन बीते बीमारी की खबरे और तेज़ होने लगी थी,संक्रमण तो मानो पानी की तरह फ़ैल रहा था| जैसी हालत मनीष की थी वैसी ही और मरीजों की भी होती जा रही थी,उनमे से अधिकांश तो मर भी गए थे| शहर की हालत दिन पर दिन खराब होती जा रही थी| इस बीमारी पर रिसर्च हो रही थी पर वास्तव में ये है क्या कुछ समझ नही आ रहा था और ना ही इसका कुछ उपचार मिल रहा था| अर्फिया अपने परिवार को लेकर चिंता में थी इतने में नीचे से एम्बुलेंस के साईरन की आवाज़ आई... आवज़ सुन सभी लोग नीचे इकठ्ठा हो गए,कश्चप परिवार भी निचे आ गया| तो वहां उन्ही डॉक्टरों में से एक डॉक्टर खड़े थे जो मनीष को लेने वक़्त आये थे| उन्होंने जो कहा उसका अंदाजा सभी को था पर पर कभी आशा नही थी|

डॉक्टर:- जैसा की आप सभी जानते है की इस वक़्त शहर की हालत कुछ ठीक नही है,एक अंजान बीमारी हर किसी को अपना शिकार बनाये जा रही है| मुझे कहते हुए दुःख हो रहा है पर मनीष दीक्षित की मौत हो चुकी है इस बीमारी से|

एक और इन्सान इस बीमारी की चपेट में आ गया था| पर खैर अच्छा था,तय मृत्यु का डर और अपनी जिंदगी पुरी न जीने की तमन्ना उसे हर रोज़ मार ही रही थी| पर उसकी बची ४ साल की जिंदगी भी इस बीमारी ने छीन ली थी...

शहर के हालात दिन पे दिन बिगड़ते जा रहे थे| रोग थमने का नाम नही ले रहा था और उपचार कही लुप्त सा था| इतने दिनों के बाद आखिर सरकार कुछ कहने के लिए सामने आई| इस बीमारी का आधिकारिक

नाम Karypto-NSDS:Nervous System and Death Syndrome रखा गया| वायरस...इसके बारे में कुछ और जानकारी दी गई जनता को जैसे;संक्रमित व्यक्ति के तन से सारे बाल गायब हो जाना,तन्त्रिका तंत्र पर इतना गहरा प्रभाव पड़ता की वव्यक्ति स्वयं पर से नियंत्रण खो देता है| मस्तिष्क मर सा जाता है और लगभग एक महीने के अन्दर व्यक्ति की मौत तय है|

अनिरुद्ध में भी कुछ संक्रमण के लक्षण नज़र आने लगे थे,धीरे धीरे उसके सर के बाल गिर रहे थे| अगर कहीं हल्की सी भी खरोंच आती तो रक्त का प्रवाह रुकता ही नही था| वो खुद पर से धीरे धीरे नियंत्रण खो रहा था,कभी कभी अजीब सी हरकते करने लगता जैसे कोई जानवर करता हो| अर्फिया अब ये जान चुकी थी की अनिरुद्ध भी अब Karypto की चपेट में आ गया है और उसका बचना अब मुमकिन नही है पर वो ये मानने को राज़ी नही थी| आखिर कौन करना चाहेगा ऐसा? जब आपको पता हो की जिससे आप प्यार करते हो वो कुछ दिनो में मरने वाला है तो सिर्फ अपने ख्याल से उसे दूर भेजना...आखिर कौन चाहेगा? पर अनिरुद्ध को अपने परिवार की फिक्र थी,अपनी जान से भी ज्यादा| तो सिर्फ वो अपनी वजह से अपने परिवार को खतरे में कैसे डाल सकता था? उसने मेडिकल टीम को अपने बारे में सूचना दि, यही कुछ २५मिनट बाद वहां एक मेडिकल टीम पहुंची,बिल्कुल उसी तरह के कांच के बक्से को लेकर जो मनीष दीक्षित के वक़्त लाया गया था| मेडिकल टीम को अपने घर देख अयाती और अर्फिया घबरा गए,उन्हें समझ नही आ रहा था की इन्हें किसने बताया? अर्फिया अनिरुद्ध को पूछने ही वाली थी की इतने में अनिरुद्ध मुस्कुरा दिया| अर्फिया समझ गयी की आज वो अनिरुद्ध को आखरी बार देख रही है| अनिरुद्ध की वो एक आखिर मुस्कान थी जो अब उन्हें कभी देखने को नही मिलने वाली थी| अनिरुद्ध कश्चप नाम का अध्याय अब कश्चप परिवार से हटने वाला था,हमेशा के लिए,वो अब उन्हें कभी नही मिलने वाला था...पर वास्तव में वो महज़ एक अध्याय ही नही था वो मुख्य पृष्ट था उनकी जिंदगी की किताब का जो अब अलग हो चूका था| अर्फिया इस हकीक़त को जान खुद को संभाल नही पा रही थी तो वंही अयाती अपने पिता की निश्चित मृत्यु को स्वीकार अपनी बहन

और माँ को संभाल रही थी| अनिरुद्ध को वहां से ले जाया गया| सभी लोग अपने घरो मे से वो नज़ारा देख रहे थे| सभी के मन में डर था, किसी को अपनी मौत का तो किसी को किसी अपने को खोने का| हर जगह बस ख़ामोशी सी छा गयी, चीखे उठ रही थी तो बस कश्चप परिवार के घर से| वो अपनी ढाल,अपना प्यार,अपने पिता...वास्तविकता में वो अपना सब कुछ खो चुके थे| मृत्यु से पहले किसी अपने की मृत्यु का पता होना,एक खंजर घुसाए गए सीने के दर्द से कई ज्यादा होता है| पर अब एक ग़म में डूबे परिवार की क्या दास्तां सुने जाए? उन्हें बस आंसुओ के समंदर में बहना है एक तय वक़्त तक,पर कभी कभी कुछ दुःख उम्र भर तकलीफे देते है|

एड्बोर्ड शहर,एक जन्नत कहा जाने वाला शहर अब जहन्नुम से से बत्तर बनता जा रहा था| इलाज मिल नही रहा था और संक्रमण रुकने का नाम नही ले रहा था| वहीं लोगो की मृत्यु हद से ज्यादा दर्दनाक थी| कहते है "आपके फैसले आपका भविष्य तय करते है" वायरस थमने का नाम नही ले रहा था और ना ही उसका कोई उपचार मिल रहा था| सरकार के पास अब बस एक रास्ता बचा था और वो था शहर खाली करने का... इसके सिवा कोई रास्ता था ही नही| अगर शहर नही खाली किया जाता तो यहाँ के और लोग भी इस वायरस की चपेट में आकर आखिर में मर ही जाते|

०९ जनवरी २०१४ की सुबह एक घोषणा हुई,टीवी के हर चैनल पर बस एक ही खबर थी| सरकार द्वारा घोषणा की गयी " आप सभी को भली भांति ज्ञात है की मृत्यु दर कितनी बढ़ गयी है, आपने भी किसी अपने को खोया होगा| हम उपचार मिलने तक लोगो को मरने नही दे सकते, इसलिए सभी से निवेदन किया जाता है की सभी कल सुबह से अपना घर और ये शहर खाली कर दे|आपको हवाई और जलमार्ग द्वारा अन्य शहरों में भेज दिया जायेगा जहाँ आपकी व्यवस्था सरकार द्वारा कर दी जाएगी" लोग ये सुन हैरान थे और दुखी भी थे पर उनके पास इसके सिवा कोई चारा भी नही था| एक तरफ उनकी और उनके अपनों की जान थी तो दूसरी तरफ उनका घर,उनका शहर था जो धीरे धीरे शमशान में तब्दील होता जा रहा था| तो ऐसे हालातो में शहर को छोड़ना ही एकमात्र

और बचा हुआ रास्ता था| अब उनका फैसला ही उनका भविष्य तय करने वाला था, उन्हें यहाँ रूककर अपनी मृत्यु तक उपचार का इंतजार करना है या घर छोड़ अपने और अपने अपनों की जान बचानी है और लोगो ने वही चुना जो इस समय उन्हें उनकी अकाल मृत्यु से दूर ले जायेगा,शहर को छोड़ना...

१० जनवरी की सुबह लोग अपने घरो को अलविदा कह चले दिए| सरकार द्वारा सभी को एक सुरक्षित जगह पर भेजा जा रहा था| वहीँ कश्चप परिवार एक असहाय और दयनीय हालत में था| अनिरुद्ध के जाने के बाद उनका सहार टूट चूका था| ऐसे बिगड़े हालातो में एक अकेली अर्फिया के लिए आसान नही था अपनी दोनों बेटियों को अपने घर से कहीं दूर ले जाना|

अर्फिया अपनी दोनों बेटियों को लेकर उस जगह पहुँच गयी जहाँ से हवाई मार्ग द्वारा लोगो को शहर से कही दूर ले जाया जा रहा था| वहां भीड़ इतनी थी की अगर एक बार हाथ छूटा तो उस इन्सान का दूसरी बार मिलना बहुत मुश्किल हो जाता था| इतनी भयंकर भीड़ में अर्फिया को खुद को सँभालते हुए अपनी दोनों बेटियों के लिए इस मुसीबत से दूर जाना था| तीनो आगे बढ़ ही रही थी की इतने में निहारिका का हाथ छुट जाता है,अर्फिया पीछे मुड़कर देखती है तो भीड़ इतनी थी की उसे निहारिका नज़र ही नही आई| वो बुरी तरह घबरा गई, वो बार बार उसे आवाज़ लगाती 'निहारिका!निहारिका!' पर वो उसे कहीं नही दिखती| उसके मन में न जाने क्या क्या ख़याल आने लगते है,वो अपने पति को पहले ही खो चुकी थी पर अब अपनी बेटी को नही खोना चाहती थी| अर्फिया और अयाती निहारिका को इधर उधर ढूंढ ही रहे थे की इतने में कोई आकर अर्फिया का पल्लू पकड़ लेता है, वो निहारिका थी...

उसे देख अर्फिया की जान में जान आ गयी उसने तुरंत उसे कसकर गले लगा लिया और रोने लगी| "तुझे कुछ हो जाता तो मेरा क्या होता?" अर्फिया ने कहा|

निहारिका का हाथ थामे एक आदमी खड़ा था| "बच्ची का हाथ कसकर पकड़िये,भीड़ इतनी है की आप फिर अपनी बच्ची को पता नही कब ढूंढ पाओ" उस आदमी ने कहा|

निहारिका:- माँ ये अंकल ही मुझे आपके पास ही लाये|

अर्फिया:- जी आपका बहुत बहुत शुक्रिया! आप मेरी बेटी को मेरे पास लाये|

अरे!शुक्रिया की कोई जरुरत नही है, बस आप ध्यान रखिये थोड़ा| खैर आपके साथ कोइ नही है क्या?आपके पति या कोई और? उस आदमी ने पूछा|

वो सवाल सुन अर्फिया के चेहरे पर ख़ामोशी छा गयी पर वो आदमी उसकी ख़ामोशी से ही समझ गया था| "खैर छोडिये बताने की जरुरत नही है,और इतनी सारी बाते हो गयी पर मेने अभी तक आपको अपना नाम नही बताया...मैं हूँ हामिद मिर्ज़ा,भारतीय सेना का पूर्व कप्तान,पैर में गोली लगने की वजह से में ठीक से चल नही पाता इसी वजह से मुझे सेना छोड़नी पड़ी| खैर छोड़िये ये सब जल्दी से यान में बेठिये|

हामिद पुरे कश्चप परिवार को समेट ले जाने लगा| ऐसे मुश्किल हालातो में किसी अकेली औरत को एक सहारा मिलना बड़ी बात होती है|

3

आखिरकार २ घंटे के हवाई सफ़र के बाद वो लोग शमशान बनते उस शहर से कोसो दूर आ चुके थे| देश के एक छोर से दुसरे छोर तक...वो आ चुके थे|

एंश शहर(Ance city), एड्बोर्ड से इसकी तुलना करना कहीं का कहीं नहीं लगता,एड्बोर्ड एक सुन्दर हरा भरा शहर था तो वंही एंश एक पुराना खंडहरों और हवेलियों का शहर था| यहाँ दूर दूर तक सिर्फ खंडहर दिखेंगे,लोग मानो ना के बराबर थे यहाँ पर शहर बहुत बड़ा था,एड्बोर्ड का ३ गुना| इस जगह के बारे में ऐसा कहा जाता की यहाँ सालो पहले बहुत लोग हुआ करते थे जो की सभी धनी और सम्पन्न परिवार से थे पर फिर एक रोज़ ऐसा कुछ हुआ की रातो रात ये शहर पूरा खाली हो गया, अब ये मिथ्या है या वास्तविकता ये तो समय ही जाने पर लोगो के हिसाब से इस घटना को बीते कुछ ५५०-६०० साल हो गए थे| पर लोगो की आबादी अब भी यहाँ बहुत कम थी,बस खंडहर थे...

हामिद और कश्चप परिवार और एड्बोर्ड के बाकी सभी लोगो को एंश में पहुंचा दिया गया था|

११ महीने बीत चुके थे,कुछ सरकार की मदद मिली तो कुछ लोगो ने अपने दम पर रहने लायक जगह बना ली थी| कश्चप परिवार भी अच्छे से सेटल हो गया था,हामिद की वजह से| हामिद अफिया के घर से कुछ २ घंटे की दुरी पर रहता था| अफिया ने भी अपने बच्चो का पेट पालने के लिए एक कुरियर कंपनी में नौकरी करना शुरू कर दिया था जिसका मेनेजर हामिद था,उसी की वजह से उसे वहाँ नौकरी मिली| दोनों की हर

रोज़ मुलाक़ात होती,दिन बीतते गए और उन दोनों के रिश्ते अच्छे होते गए| वहीँ अयती का दाखिला एक नए कॉलेज में करा दिया गया था,नए दोस्त मिलेंगे,नया माहौल मिलेगा तो शायद अपने बीते कल को भुला पाए| अयती कॉलेज जाने लगी थी और अर्फिया भी अब अपने काम में मशरूफ रहने लगी थी| कुछ दिन तो पहले के हालातो के मुकाबले अच्छे बीते पर फिर एक दिन अर्फिया के नाम एक ख़त आया,तारीख आज से कुछ ९ महीने पुरानी थी| अब इतना पुराना ख़त आज आया है ये डाक विभाग की लापरवाही थी या कुछ और ये तो नही पता पर उस ख़त में जो लिखा था उसे पढ़ अर्फिया एक गहरे विचार में पड़ गयी| उस ख़त में लिखा था-

नमस्ते!,

मैं अश्फाक आपकी बेटी अयाती का दोस्त| मेरी कभी हिम्मत नही हुई आपको ये ख़त देने की पर जब तक आपको ये मिलेगा मैं यहाँ से बहुत दूर जा चूका होऊंगा जहाँ से कभी कोई लौट कर नही आता| अयाती...वो मेरी गोद में पड़ी हुई थी,उसका पूरा चेहरा जल चूका था पर मैं उसे बचाने के लिए कुछ नही कर सका| मेरी कमीज़ उसके खून से भीगी हुई थी,वो रंग जो अब कभी भी मेरे तन से नही निकलने वाला था| वो बिल्कुल शांत,बिना किसी हरकत के बस मेरी गोद में लेटी हुई थी| मैं उसकी धड़कने नही सुन पा रहा था,वो थम गई थी| मुझे पता लग गया था की वो मुझे छोड़ के जा चुकी थी पर मेरा दिल ये मानने को राज़ी नही था| और आखिर मैं कैसे मान लेता? मेरा प्यार थी वो...दिल-ओ-जान से चाहा था उसे पर शायद खुदा को हमारा साथ मंज़ूर नही था| मैं ये जानते हुए की अब वो नही रही है उसे अस्पताल लेकर गया पर डॉक्टर ने भी वही कहा जो मैं कभी सुनना नही चाहता था,वो अयाती...

मैं डॉक्टर की पुरी बात सुने बिना वहां से भाग गया क्योंकि मेरे जीवन में अब कुछ नही बचा था| मेरे प्यार मुझसे छीन गया था और में कुछ नही कर पाया| में तो आपकी माफ़ी का भी हक़दार नही हूँ| ये बोझ,ये तन्हाई मुझे तिल-तिल कर मार रहे है,मेरी अब जीने की इच्छा ख़त्म हो चुकी है| माफ़ी चाहूँगा...अलविदा|

-अश्फाक

अर्फिया बेसब्री से अयाती का इंतजार कर रही थी और जब वो आई...

अर्फिया:- ये क्या है अयाती?

अयाती:- क्या है माँ?

अर्फिया:- इसे पढ़ पहले!फिर पूछना क्या है|

वो ख़त पढ़ मानो अयाती के पैरो तली ज़मीन खिसक गयी थी,उसने कभी इसकी कल्पना तक नही की थी|

अर्फिया:- अयाती...बेटा ये क्या है?तेरी मौत? और अश्फाक! बेटा ये कौन है और ये कैसा ख़त है?

अयाती:- माँ वो...

अयाती बुरी तरह घबरा गई थी उसके तो मानो होंश ही उड़ गए थे,मुह से एक शब्द नही निकल रहा था|

अर्फिया:- वो क्या बेटा?

अयाती बिना कुछ बताये रोती हुई अपने कमरे में चली गयी और दरवाजा अन्दर से बंद कर लिया| उसकी माँ दरवाजे पर परेशान खड़ी उसे आवाज़ दे रही थी पर अन्दर से सिर्फ रोने की आहटे आ रही थी| अर्फिया समझ नही पा रही थी की आखिर हुआ क्या था? आखिरकार कुछ वक़्त के बाद उसने दरवाजा खोला,उसकी माँ वंही दरवाजे पर खड़ी उसका इंतजार कर रही थी| अयाती जैसे ही बहार आई,उसने अपनी माँ को कसकर गले लगा लिया और रोने लगी| अर्फिया बहुत परेशां थी की न जाने क्या हुआ होगा मेरी बच्ची को? पर वो दिलासा भी किस बात पर देती? कुछ देर अयाती ऐसे ही अपनी माँ के गले लगकर रोती रही फिर कुछ देर बाद बोली...

अयाती:- माँ वो...

अर्फिया:- क्या बेटा? शांत हो जाओ और तसल्ली से बताओ माज़रा क्या है?

अयाती:- मैं दरअसल अश्फाक मेरे साथ ही पढता था,और वो मुझे पसंद भी करता था| उसने एक बार मुझे प्रोपोज करने की भी कोशिश की थी पर वो हिम्मत नही जुटा पाया| पर माँ मैं उसे पसंद नही करती थी|

अर्फिया:- ठीक है बेटा,पर इससे उस लेटर और उसमे वो सुसाइड इन सब का क्या कनेक्शन है? मेरे तो कुछ समझ नही आ रहा|

अयाती:- माँ वो क्या मतलब जैसा मेने आपको बताया वो मुझे पसंद करता था तो बस मेने और मेरे दोस्तों ने मिलकर उसके साथ एक छोटा सा मज़ाक(प्रैंक) किया था|

अर्फिया:- कैसा प्रैंक?

अयाती:- वो दरअसल मेने उसे एक सुनसान जगह पर बुलाया था| मेरे दोस्तों ने पहले ही प्रैंक के लिए सारी तैयारिया कर रखी थी| मेने उसे कहा तुम अपनी आँखे बंद करो,मैं तुम्हारी कार में जाकर बैठ जाती हूँ फिर तुम डोर ओपन करके रानियों की तरह मुझे बाहर निकालना और अपने प्यार का इज़हार करना और वो मान भी गया| मैं कार की तरफ गयी पर मेरी जगह पहले ही मेरे दोस्तों ने वहां एक लड़की की लाश रख दी थी और कार के निचे एक टेप रिकॉर्डर रख दिया गया था जिसमे मेरी प्री रिकार्डेड आवाज़े थी जिससे उसे सब हक़ीकत लगे| फिर हमने गाड़ी में पड़ी लाश को आग लगा दी और हम वहां से भाग गए| हम बस अगले दिन उसका रिएक्शन देखना चाहते थे पर एड्बोर्ड शहर के बिगड़ते हालातो की वजह से आपने हमारा बाहर जाना बंद कर दिया था|

अर्फिया:- अयाती तुम पागल हो क्या! ऐसा कोई करता है भला?

अयाती:- माँ मुझे बिल्कुल नही पता था की ऐसा होगा| मुझे तो जब ये लैटर मिला तब पता लगा की उसने ख़ुदकुशी कर ली है| सॉरी मम्मा...

4

आत्महत्या ,खुदखुशी,सुसाइड...जब इन्सान परेशान हो जाता है,जब वो जिंदगी का मतलब ही भूल जाता है| तब उसे सबसे पहले जो रास्ता दिखता है वो है मौत... उसे जिंदगी से ज्यादा सुकून मौत में नज़र आने लगता है,तब जाकर कहीं वो मौत को चुनता है| मृत्यु कभी एक विकल्प नही होती और न ही हो सकती है| अयाती को कभी अंदाजा तक नही था की उसका एक मजाक किसी की मौत पर आकर ख़तम होगा,अफिया उसी बात को लेकर तनाव में थी| उसे अपनी बेटी की हालत और उस हादसे की बिच कुछ समझ नही आ रहा था की आखिर वो करे तो करे क्या? अपनी बेटी को समझाए उसने किया क्या है या उसे दिलासा दे? ये हादसा उनके जीवन में एक शून्य की तरह आया था जिसके खुद कुछ मायने नही थे पर वो एक समस्या के पीछे पीछे ही आ गया था| उनकी परेशानिया कई गुना बढ़ सकती थी पर उनकी शुरूआती एक परेशानी ने इस शून्य का अस्तित्व ही खतम कर दिया था| अश्फाक की मौत एड्‌बोर्ड शहर के विनाश तले दब गयी थी| पर किसी ने कहा है की "जो आप करते है वो एक न एक दिन आपके पास लौटकर ज़रूर आता है"

खैर अब ८ महीने बीत चुके थे उस ख़त को मिले| अयाती अब पुरी तरह उस बात को भूल चुकी थी| वो अपनी जिंदगी में खुश थी,नया कॉलेज था,नए दोस्त थे पर उसकी खुशी की एक और वजह थी...उसे पसंद था कोई,काफी अरसे पर वो बस इंतज़ार में थी की कब आखिर निश्चय उससे अपने प्यार का इज़हार करे| दरअसल निश्चय ही वो लड़का था जो अयाती को पसंद था हालाँकि निश्चय को भी अयाती पसंद

थी पर वो काफी शर्मीले क़िस्म का लड़का था इस वजह से कभी कुछ बोल नही पाया| दोनों बस अपनी आँखों ही आँखों में बाते कर लिया करते थे,कभी वो उसे देखता था तो कभी वो उसे देख शरमा जाती| इस उम्र का प्यार बड़ा कमाल का होता है| ख्वाहिशे और उम्मीदे बहुत होती है वो पुरी हो ही...ऐसा कभी निश्चित नही होता| फिर भी अपनी प्रेमिका की गोद में पड़े रहना और उसका आपके बालो को सहलाना एक अलग ही खुशी देता है| पहला-पहला प्यार पहला-पहला एहसास...सच में दुनिया रंगीन लगने लगती है चाहे एक रंग न हो उसमे| अयाती के साथ भी अब कुछ ऐसा ही हो रहा था,उसका पहला प्यार था निश्चय और ये पहली बार का एहसास था उसका| वो बस हवा में उडती रहती थी बिन पंख की चिड़िया की तरह| आखिर कुछ वक़्त लगा, कुछ हफ्ते नैनो ही नैनो में बिन कहे बहुत सी बाते हुई पर एक दिन सब्र का बाण छुटा और शर्म के सीने को छल्ली कर ही दिया|

अयाती कक्षा में बैठी हुई थी और निश्चय बाबू चल दिए कुछ निश्चय करके| वो अयाती के पास जाकर अपने घुटनों पर बैठा और एक गुलाब निकाल कर बोला "अयाती...मुझे सच में तुमसे बहुत प्यार है और आज से नही बल्कि काफी अरसे पर कभी कह नही पाया तुमसे| पर आज तुमसे कहता हूँ मुझे तुमसे बहुत प्यार है,बहुत ही ज्यादा अयाती" अयाती ने भी शरमाते हुए हां कर दी| पुरी क्लास में हल्ला मच गया,पर अयाती सबको नज़रंदाज़ कर बस उसे ही देखे जा रही थी| वो खुश थी, उसे उसकी पसंद,उसका प्यार मिल गया था| वो इज़हार की उत्सुकता और मानही का डर पर जब हां होती है तो खुशिया उस वक़्त दुगुनी नही...बल्कि आसमान छू जाती है|

•

२ साल बीत चुके थे,उधर अर्फिया के रिश्ते भी हामिद के साथ अच्छे हो चुके थे तो इधर अयाती भी खुश थी निश्चय के साथ| एक दिन दोनों एक सुनसान जगह पे बैठे हुए थे, अयाती निश्चय की गोद में लेटी हुई थी तो वंही निश्चय किसी और ही दुनिया में खोया हुआ था|

अयाती:- क्या हुआ? यहाँ मैं तुम्हारे पास बैठी हुई हूँ और तुम किसी और ही के खयालो में खोये हुए हो|

निश्चय:- अरे नही! ऐसा कुछ नही है,तुम गलत समझ रही हो|

अयाती(हँसते हुए):- चिल्ल बाबा, मजाक कर रही हूँ, मुझे पता है तुम सिर्फ मेरे हो|

निश्चय मुस्कुराते हुए हां करता है|

निश्चय:- दरअसल अयाती वो...

अयाती:- अरे! बताओ भी अब|

निश्चय:- मुझे तुमसे शादी करनी है| हम बहुत वक्त से साथ है और मैं हमेशा तुम्हे सिर्फ मेरी प्रेमिका के ही रूप में नही देखना चाहता,मुझे पुरी उम्र बितानी है तुम्हारे साथ|

अयाती की आँखों में आंसू आ गए पर वो खुशी के आंसू थे| उसने मुस्कुराते हुए झट से निश्चय को गले लगा लिया और कहा "हम मिलेंगे ज़रूर,यहाँ नही तो किसी और जहाँ में पर हम मिलेंगे ज़रूर"

निश्चय:- हां बिल्कुल|

प्रेम सम्बन्ध अक्सर विवाह और माँ बाप की हामी पर आकर खत्म हो जाते है| अगर घर वालो की हां नही हुई तो लड़का लड़की घर से भाग कर शादी कर लेते है जिसके असर से और समाज में बदनामी के डर से लड़की का पिता आत्महत्या कर लेता है तो कहीं अपनी प्रेमिका के न मिलने पर कहीं लड़के द्वारा अपनी ही हथेली काट ली जाती है| मृत्यु...मृत्यु...मृत्यु देखा जाए तो जिंदगी के लगभग हर पड़ाव पर मृत्यु हमारी राह ताके खड़ि होती है हालाँकि अंत में हमे मृत्यु से ही मिलना है पर वक्त से पहले मृत्यु की प्रतिक्षा को खत्म करना एक मूर्खतापूर्ण कार्य होता है| कुछ देर बाद अयाती की माँ का कॉल आ जाता है तो वो वहां से उठकर चली जाती है पर निश्चय वही बैठा कुछ सोचता रहता है| कुछ घंटो तक यूँही खामोश,पता नही किन खयालो में गुम वो ऐसे ही बैठा रहा, फिर वो भी वहां से उठकर चला जाता है| अगले दिन दोनों कॉलेज में मिलते है,निश्चय के चेहरे पर रोज़ की तरह वही मुस्कुराहट थी पर अयाती कुछ परेशां थी|

निश्चय:- क्या हुआ? कुछ परेशां लग रही हो!

अयाती:- अरे! कुछ नही बस ऐसे ही|

इतने में अयाती का ध्यान निश्चय की कलाई पर पड़े जख्म पर जाता है| अयाती उसका हाथ पकड़कर-

अयाती:- ये क्या हुआ तुम्हे? ये चोट कैसे?

निश्चय:- अरे कुछ नही ये बस ऐसे ही चोट लग गयी थोड़ी|

अयाती:- तुम भी न ध्यान बिल्कुल नही रखते अपना!

फिर दोनों कक्षा में चले जाते है|

अगले दिन जब अयाती कॉलेज पहुँचती तो है तो उसे वहां निश्चय नही दिखता,वो उसे कॉल करती पर सामने से कोई जवाब नही आ रहा था| अयाती निश्चय के दोस्तों से पूछती है उसके बारे में पर किसी को कुछ पता नही होता उसके बारे में| कल रात से अयाती की बात नही हुई थी उससे| इतने में अयाती के फ़ोन में एक मेसेज आता है जिसे पढ़ वो परेशान हो जाती है| दरअसल वो मेसेज निश्चय का था और उसमे लिखा था- "ख्याल रखना अपना जानेजाना,मैं जा रहा हूँ| तुम्हे छोड़कर तो कभी नही पर मैं अब परेशान हो चूका हूँ| खैर उम्मीद करता हूँ तुम्हारी यादो में मैं हमेशा जिंदा रहूँगा, अलविदा..."

इतना पढ़ा ही था की अयाती घबराती हुई तुरंत निश्चय के घर के लिए निकल गयी| जब वो वहां पहुंची तो उसके साथ साथ एम्बुलेंस भी वहां पहुँच चुकी थी| अयाती घबराती हुई घर के अन्दर जाती है तो वहां कोई औरत बुरी तरह रो रही थी,वो निश्चय की माँ थी| अयाती उन्हें दिलासा देती पर वो खुद पर भी काबू नही रख पा रही थी| जब अन्दर से निश्चय की लाश को बहार निकाला गया तो उसे देख अयाती के जीते जी मानो प्राण ही निकल गए हो| वो इतनी सहम गयी थी की उससे वो सब देखा न गया और वो रोती हुई वहां से भाग गयी| वो रोती हुई अपने घर पहुंची और तुरंत अपने कमरे में चली गयी| अर्फिया उसे देख हैरान थी "न जाने क्या हुआ होगा?" उसने उसे आवाज़ दी "अयाती बेटा!" पर वो नही रुकी| अर्फिया भागती हुई अयाती के कमरे में गयी, अयाती अपनी माँ को देख तुरंत उनसे लिपट गयी और रोने लगी|

अर्फिया:- बेटा शांत हो जा| बता क्या हुआ है?

पर अयाती से वो सदमा बर्दाश नही हो रहा था,वो कुछ बोल ही नही पा रही थी| उसके ज़हन में अब भी निश्चय का मृत चेहरा घूम रहा था| इतने में अयाती की दोस्त आती है और कहती है "अयाती तुझे पता है?" इतना कहा ही था की अयाती की हालत देख उसकी दोस्त समझ गयी की उसे सब पता लग गया है|

अर्फिया:- क्या? क्या हुआ?

अयाती की दोस्त:- दरअसल आंटी हमारा एक दोस्त था निश्चय और उसने आज अचानक खुदखुशी कर ली|

अर्फिया:- अरे...बुरा हुआ! क्यों की उसने आत्महत्या?

अयाती की दोस्त:- पता नही आंटी, रोज़ तो अच्छा भला मिलता था| खुश मिजाज़ था फिर अचानक उसने क्यों किया ऐसा किसी को कुछ पता नही|

अर्फिया:- पता नही आजकल की पीढ़ी को क्या हो गया है? उन्हें अपनी परेशानियों से भागने के लिए बस मौत ही सूझती है|

"देखो बेटा तुम दुखी मत हो, मैं समझ सकती हूँ एक दोस्त के जाने का गम क्या होता है? पर अब मृत्यु किसी के हाथ में नही होती बेटा|"

हां दोस्त के जाने का गम बहुत होता है पर निश्चय सिर्फ एक दोस्त ही नही था अयाती के लिए, वो उसके दिल के बहुत करीब था,उसका प्यार था... उसके पिता अनिरुद्ध की मृत्यु के बाद निश्चय ही इकलौता ऐसा लड़का था जिसपर अयाती को इतना भरोसा था| पर अब कोई क्या सकता है भला? वो अब जा चूका था और अयाती सिर्फ अपना दुःख प्रकट कर सकती थी उसके अलावा कुछ नही|

कुछ दिनों तक वो कॉलेज भी नही गयी पर अब उसे सब भूल आगे बढ़ना ही था| पर जब भी वो कॉलेज आती तो उसकी निगाहे हर वक्त निश्चय को तलाशती रहती,ये जानते हुए भी की वो उसे अब कभी नही मिलेगा| हर रोज़ यही सिलसिला चलता, वो अपनी पढाई और जिंदगी से भटक सी गयी थी| मानो उसके जीवन से सारा सार ही खतम हो गया हो,वो गुमसुम सी रहने लगी थी| न किसी से ज्यादा बात करती न कहीं बहार आती जाती|

5

अयाती की अब हर चीज़ से दिलचस्पी खतम हो रही थी| ऐसे ही हालात बनते बनते कुछ पांच महीने गुज़र गए निश्चय को गए हुए पर अयाती की हालत में कुछ खास बदलाव नही आया था| वो वही पहले की तरह उदास,मायूस, नाउम्मीद थी| जिंदगी उसके साथ पहले ही बहुत खेल खेल चुकी थी और उसे एक और झटका तब लगा जब उसकी माँ अर्फिया ने उसे कॉल करके कहा "अयाती बेटा जल्दी से बैराज स्ट्रीट,फॅमिली कोर्ट आ जा" उसे समझ नही आया की हुआ क्या है? अचानक कोर्ट क्यों? पर वो जैसे ही कोर्ट पहुंची तो उसकी माँ को देख उसके जीवन में एक और भूकंप आ गया| उसकी माँ गले में जयमाला डाले खडी थी और उसके पास ही खड़ा था हामिद मिर्ज़ा| दरअसल अर्फिया और हामिद ने शादी कर ली थी,ये देख अयाती के तो होंश ही उड़ गए थे|

अयाती:- माँ ये...ये क्या है?

अर्फिया:- बेटा मैं समझाती हु तुम्हे|

अयाती:- क्या समझोगी अब? मुझे सब दिख रहा है की क्या किया है आपने?

अर्फिया:- बेटा सुन तो सही...

अयाती गुस्से में वहां से चली जाती है| अर्फिया को बस इतनी फिक्र थी की गुस्से में कहीं कुछ कर न ले? वो पहले से ही बहुत उदास थी और ऊपर से ये शादी...

हामिद:- तुम फिक्र मत करो और उसका गुस्सा होन भी जायज़ है| पर मुझे पूरा यकीं है की हम दोनों साथ मिलकर उसकी नाराज़गी जल्द

ही दूर कर देंगे|

अर्फिया:- काश हम कर पाए...

फिर दोनों अयाती को समझाने घर चले जाती है| अयाती इतना गुस्सा थी की अर्फिया के लाख समझाने के बाद भी वो उनकी उस शादी को स्वीकारने के लिए तैयार नही थी| वो अपने पिता की जगह किसी को नही देना चाहती थी पर ये बात भी सच थी की एक अकेली औरत के लिए बिना मर्द के पुरी उम्र काटने में बहुत तकलीफे आती है|

अर्फिया उसे समझाते हुए कहती है-

अर्फिया:- देखो बेटा मैं जानती हूँ की तुम मेरे इस फैसले से खुश नही हो पर बेटा तुम ही सोचो आखिर हम कब तक अकेले रहेंगे? तुम्हारे पापा के जाने के बाद हमारी जिंदगी में क्या क्या हुआ है इससे अनजान तुम भी नही हो|

न चाहते हुए भी इतनी मशक्कत के बाद अयाती को राज़ी होना पड़ा सिर्फ इसीलिए की उसमे उसकी माँ की खुशी थी|

अयाती:- ठीक है! मैं नही हूँ गुस्सा पर मैं अपने पापा की जगह किसी को नही दे सकती|

अर्फिया:- अयाती...

हामिद:- अरे कोई नी, अयाती खुश है हमारी शादी से यही बहुत है|

अर्फिया:- पर...

हामिद:- पर वर कुछ नही और अपना सामान पैक करो|

अयाती:- सामान क्यों?

अर्फिया:- क्योंकि अब हम हामिद के घर ही रहेंगे|

हामिद:- मेरा ही नही अबसे वो तुम सब का घर है|

सामान कार में डाल सभी हामिद के घर के लिए रवाना हो जाते है जहाँ पहुंचकर वो उसे अपना घर भी कह सकते थे| सफ़र काफी लम्बा था तो अयाती रस्ते में ही सो गयी थी| जैसे ही वो हामिद के घर पहुँचते है तो अर्फिया उसे जगाती है "बेटा कितनी देर से सोई है? देख अपना नया घर आ गया" अयाती एक दम झटके से उठी, पुरी तरह घबराई हुई, मानो कोई डरावना सपना देख लिया हो|

अर्फिया:- क्या हुआ बेटा?

अयाती:- कुछ नही बस सपना था|

अयाती की छोटी बहन और हामिद किसी बात पर हस रहे थे| आखिर २ घंटे के सफ़र के बाद कश्चप परिवार जो अब मिर्ज़ा परिवार बन चूका था,अपने नए घर आ ही चूका था| जैसे ही अयाती कार से नीचे उतरती है उसकी नज़र सामने वाले घर पर पड़ती है, वो हैरान होकर पूछती है-

अयाती:- ये घर?

हामिद:- तुम जानती हो इस घर को?

अयाती:- हां मेरे एक दोस्त हुआ करता था उसी का घर है|

अर्फिया:- कोनसा दोस्त?

अयाती:- निश्चय...

हामिद:- हां सही कहा| निश्चय और उसकी माँ काफी वक़्त तक यहाँ रहे| फिर निश्चय के खुदखुशी करने के बाद उसकी माँ भी यहाँ से चली गयी| पता नही ऐसा क्या था उसके मन में जो अपनी हाथ की नस काट बाथ टब मैं बैठ गया,किसी को आवाज़ तक नही आई...जब उसकी माँ ने देखा, बाथ टब खून से पूरा लाल हुए पड़ा था| न जाने क्यों उसने ये कदम उठाया होगा? ऐसा न जाने क्या हुआ होगा उसके साथ जो उसने अपनी जिंदगी खत्म करना ही आखरी रास्ता सुझा?

अयाती ये सब सुन अन्दर चली गयी,उसके पुराने जख्म ताज़ा हो गए थे|

हामिद:- इसे क्या हुआ?

अर्फिया:- कुछ नही|

हामिद:- खैर तुम्हे बता दू की ये घर सामने वाला जो तुम देख रही हो ये अब हमारा ही है| निश्चय की माँ तो इस घर को बेच कर चली गयी पर मेने इसे खरीद लिया,सोचा कभी मेरे भतीजो के काम आएगा|

अर्फिया:- भतीजे??

हामिद:- हां मेरे दो भतीजे है,रसूल और छोटा वाला अनवर| मेरे भैया भाभी की मौत भी उसी बीमारी की चपेट में आने से हो गयी थी तबसे दोनों मेरे साथ ही रह रहे है|

ये बात कहते हुए हामिद का चेहरा ही उतर गया था मानो कोई पुरानी बात याद आ गयी हो|

अर्फिया:- क्या हुआ? तुम कुछ ठीक नही लग रहे|

हामिद:- कुछ नही| दरअसल मेरे एक भतीजा और था,उसने कुछ वक़्त पहले खुदखुशी कर ली थी|

अर्फिया:- अरे!... खुदखुशी क्यों की उसने?

हामिद:-पता नही,हमे तो कुछ मालूम ही नही था| उसके दोस्तों ने कॉल करके अस्पताल बुलाया तब पता लगा की अब वो नही रहा,लड़के ने ज़हर खा लिया था...खैर अन्दर चलते है|

अर्फिया की हामिद के साथ शादी के बाद कश्चप परिवार अब मिर्ज़ा बन चूका था| पर अयाती अब भी अपने पिता की मौत को भुला नही पाई थी,उसने अपनी माँ की दूसरी शादी तो स्वीकार ली थी पर हामिद को उसने अपने पिता की जगह नही दी थी और ना ही वो कभी देना चाहती थी|

सभी अन्दर जाकर घर वगेराह देखते है इतने में शाम हो जाती है इतने में रसूल और अनवर भी घर आ जाते है| उन्हें पहले ही अपने चाचा की शादी के बारे में पता था पर जैसे ही रसूल की नज़र अयाती पर पड़ती है उसके कुछ रंग उड़ जाते है|

हामिद:- क्या हुआ रसूल? तुम जानते हो अयाती को?

रसूल:- नही तो! मैं तो शायद पहली बार देख रहा हूँ इन्हें|

फिर सब रात के खाने के लिए चले जाते है| हर रोज़ ऐसा ही चलता रहता| मिर्ज़ा परिवार बना कश्चप परिवार,अर्फिया मिर्ज़ा,निहारिका मिर्ज़ा और अयाती कश्चप...दरअसल अयाती अपने पापा रो इतना प्यार करती थी की न वो उनकी जगह किसी को दे पाई न ही उनके दिए सरनेम को बदल पाई| और हामिद के शख्त व्यवहार को देख अयाती उसे और ज्यादा नापसंद करने लगी थी| उसने कभी अपने पापा अनिरुद्ध से इतनी डांट नही सुनी थी और ना ही अर्फिया ने उसे कभी इतना डांटा था| हामिद एक गुस्सेल और सख्त क़िस्म का इन्सान था,उसे कायदे कानून में रहना पसंद था| एक अनुशासन प्रिय व्यक्ति होने के कारण वो खुद को इतना बेरुखी से दिखता था सबको, पर वो इन्सान बुरा नही था| उसे अनुशासन और नियमो से चलना पसंद था और लोग भी ऐसे ही पसंद करता था जो उसके हिसाब से अनुशासन और नियमो की पलना करे|

अयाती बड़ी हो चुकी थी पर निहारिका अभी बच्ची थी| वो शरारते करती थी जो की उसका स्वाभाव था पर हर रोज़ अपनी गलतियों पर डांट सुनने की वजह से निहारिका भी कभी कभी हामिद से बात नही करती थी और अर्फिया का उसके बचाव में कभी कुछ नही कहना निहारिका के मन में अर्फिया के लिए बुरा प्रभाव डाल रहा था| वो धीरे धीरे अपनी माँ से दूर होती जा रही थी| घर में इकलौती अयाती ही ऐसी थी जिससे निहारिका को आस थी की मेरी बहन मेरी साथ कभी कुछ बुरा नही होने देगी और वास्तविकता में होता भी ऐसा ही था| उसके सामने जब भी निहारिका को डांटा जाता वो चुप नही रहती थी,उससे जो बन पड़ता था वो कहती थी निहारिका के बचाव में| पर वहीँ अर्फिया अपनी बेटियों के पक्ष में बोलने के बजाय उल्टा अयाती को ही चुप करवा देती थी ये कहकर "तुम्हारे पापा है,बड़े है तुमसे" तुम इनसे ऐसे बात नही कर सकती, चलो माफ़ी मांगो उनसे| और अयाती हर बार जवाब में एक ही बात कहती थी की "नही है ये मेरे पापा"| वास्तविकता में अयाती कभी ऐसी थी ही नही जैसी अभी वो बन गयी थी| बदतमीज़ी उसे खुद कभी पसंद नही थी पर उसके जीवन में बीती घटनाओ ने उसका स्वाभाव ही बदल दिया था|

पहले पिता की मृत्यु फिर अपने प्यार को खोना और फिर अचानक से उसकी माँ का यूँ किसी से शादी कर लेना...उसके हिसाब से उसकी माँ की दूसरी शादी उनके जीवन से उसके पिता अनिरुद्ध के महत्व को खतम करना ही थी| ऐसे हालातो में जरुरत थी अर्फिया को अयाती को अच्छे से समझने की और उसे समझाने की पर वास्तविकता में अर्फिया ने कभी उतनी हद तक कोशिश ही नही की थी| जब अनिरुद्ध जिंदा था तब अयाती खुश होकर अपने परिवार के साथ फॅमिली डिनर पर जाती थी पर यहाँ ऐसा नही था| जब भी हामिद और अर्फिया कहीं बहार जाते तो अयाती को पूछने पर वो हर बार साथ आने के लिए मन कर देती थी| और इस बार भी ऐसा ही हुआ...

हामिद अर्फिया का एक बार फिर बाहर जाने का प्लान बना, अर्फिया ये जानते हुए भी की अयाती उनके साथ नही आएगी फिर भी उसे पूछने उसके कमरे में गयी-

अर्फिया:- अयाती बेटा सुना न!

अयाती:- क्या है माँ?

अर्फ़िया:- बेटा तेरे पापा और मैं बाहर जा रहे है अगर तू भी आएगी तो उन्हें अच्छा लगेगा|

इस बात पर अयाती भड़क जाती है और गुस्से में कहती है-

अयाती:- माँ आपसे कितनी बार कहा है की वो आदमी मेरे पापा नही है,आपको समझ क्यों नही आती ये बात? और मुझे नही आना आपके और आपके नए पति के बिच| आप प्लीज चली जाइये यहाँ से|

ये बोल अयाती अर्फ़िया के मुह पर दरवाजा बंद कर देती है| अयाती की बातो से अर्फ़िया की आँखे भर आई और वो रोती हुई अपने कमरे में चली गयी| अर्फ़िया की आँखों में आंसू देख हामिद उसके पास आता है और पूछता है-

हामिद:- क्या हुआ?

अर्फ़िया:- कुछ नही|

हामिद:- देखो बिन वजह तो कोई रोता नही,अब बता भी दो यार क्या हुआ है?

अर्फ़िया:- न जाने अयाती को क्या हो गया है? बहुत रूखे रूखे पेश आती है|

अर्फ़िया:- तुम्हे कुछ कहा क्या उसने?

अर्फ़िया:- नही! पर पता नही क्यों वो तुमसे नफरत करती है और अब तो मुझसे भी सीधे मुह बात नही करती|

हामिद:- फिक्र मत करो,अभी वो बच्ची है| थोड़ी उलझन में है नए बदलाव और रिश्तो को लेकर,हमे बस उसे थोड़ा और वक़्त देना चाहिए|

अर्फ़िया:- हा शायद|

हामिद:- चलो अब रोना धोना बंद करो और जल्दी से तैयार हो जाओ|

शाम के ६ बज चुके थे और दोनों तैयार थे जाने के लिए| अर्फ़िया बाथरूम से बहार आती है और कहती है-

अर्फ़िया:- तो चले?

हामिद:- हे खुदा! गज़ब कहर ढा रही हो तुम इस उम्र में भी|

अर्फ़िया:- क्या तुम भी... वैसे तुम भी कुछ कम नही लग रहे हो ये लाल गुलाब लगाये|

अर्फिया और हामिद बाहर निकल निकल ही रहे थे इतने में निहारिका दौड़कर आती है और हामिद से जा टकराती है जिससे हामिद के जेब से गुलाब निचे गिर जाता है| हामिद गुस्से में कहता है-

हामिद:- धीरे नही चल सकती क्या तुम? अनुशासन नाम की कोई चीज़ नही है तुममे,अब बच्ची नही रही तुम|

अर्फिया:- क्या तुम भी हर वक़्त अपने नियमो और अनुशासन का ज्ञान देने लगते हो|

रसूल को बहार से आते देख हामिद उससे पूछता है "बेटा हम डिनर के लिए बाहर जा रहे है,तुम चलना चाहोगे?

रसूल:- नही चाचाजान,मुझे काम है कुछ|

फिर हामिद अर्फिया और निहारिका तीनो कार में बैठ डिनर के लिए निकल जाते है| कार में बज रहे सदाबहार के गानों में मग्न वक़्त कब बीत गया कुछ पता नही लगा,और वो लोग डिनर के लिए रेस्टोरेंट पहुँच ही गए| वहां का माहोल भी कुछ अलग सा ही था,पुराने गाने नए अंदाज़ में,एक कम उजाले में सजी अँधेरी पर रंगीन शाम|

कुछ वक़्त हलकी फुलकी हंसी खुशी की बाते हुई फिर हामिद अचानक से उठता है और कहता है – "मुझे कुछ काम याद आ गया,में अभी कुछ देर में आया इतने में तुम लोग मज़े करो"

अर्फिया:- अरे पर सुनो तो...

हामिद:- मैं जल्द ही आ जाऊंगा...

ये बोल हामिद वहां से निकल जाता है पर अर्फिया अचम्भे में आ जाती है " आखिर हुआ क्या होगा?" पर अब तो ये वो आये तब पता लगे...सवालो के जाल में उलझी अर्फिया अपनी छोटी बेटी निहारिका के साथ यहाँ सुरक्षित खाना का रही थी तो वंही उसकी बड़ी अयाती घर के एक कमरे में तनहा बैठ अपनी पढाई में मशरूफ थी| अयाती अपने कमरे में बैठ गुरुत्वाकर्षण के अध्याय के सवालो में अपना दिमाग खपत कर रही थी, और चौथी बार भौतिकी से परेशां होकर वो अपनी किताब जैसे ही निचे फेंकती है... किताब के निचे गिरने और इस बार आखिर फट जाने के साथ ही कोई अयाती के कमरे का दरवाजा खटखटाता है| अयाती जैसे ही दरवाजा खोलती तो तो सामने खड़े शख़्स को देखकर हैरानी से

पूछती है- "आप यहाँ?" "अन्दर चलो कुछ बात करनी है" – उस आदमी ने अयाती से कहा| जैसे ही अयाती से हटकर भीतर जाती है तो वो आदमी एकदम से दरवाजा बंद कर देता है|

अयाती:- आपने ये दरवाजा क्यों बंद किया?

"तुम्हे अभी पता लग जायेगा"

अयाती:- क्या मतलब?

"ज़रा ठहरो तो..."

वो शख्स आँखों में नापाक इरादे लेकर अयाती की ओर बढ़ता जाता है, अयाती उससे एक- दो, दस दफा पूछ चुकी थी "आप चाहते क्या है?" पर वो आदमी अपनी शैतानो सी मुस्कान लिए ख़ामोशी के साथ आगे बढ़ रहा था| अहसास...डर का अहसास, अयाती को अब डर लगने लगा था क्योंकि जिस तरह वो उसकी तरफ बढ़ रहा था कोई नैक इरादे वाला तो नही जान पड़ रहा था| जैसे ही उसने अयाती को छुआ तो अयाती को ऐसा लगा जैसे कोई कांटे भरे हाथ उसे छू रहे हो| तन पर अवांछित स्पर्श दुनिया की कुछ बहुत बुरी घटनाओ में से एक होता है| उसके छूने पर अयाती उसे रोकती पर एक कोमल पुष्प को एक आवारा जानवर अक्सर रोंद ही देता है| वो उसे जोर से धक्का देता है जिससे अयाती का सर एक दिवार से जा टकरा जाता है और उसकी चीख निकल जाती है| पर वो आदमी उसके पास आता है और उसका मुह इतने जोर से बंद करता है की अयाती का स्वर तक बहार नही निकल पाता, वो उसका मुह दबोच बेड पर पटक देता है| अयाती जोरो से चिल्लाती है पर आखिर घर में था कौन जो उसकी आवाज़े,उसकी चीखे सुनता? था तो बस वो जानवर जिसके आगे अयाती रोती,गिडगिडाती और भीख मांगती अपनी लाज की पर वो आदमी अपनी हैवानो सी हसी लिए अयाती के तन को चुने लगता है| अयाती चीखती,रोती पर उसपर मानो पत्थर के समान कोई असर ही न हो रहा हो|

उसने अयाती के पुरे वस्त्र ही फाड़ दिए थे और उसे नग्न अवस्था में कर उसके साथ जो कुकर्म किया...उसकी व्याख्या करते हुए मेरी रूह सहम जाती है तो उस वक़्त उस २१ वर्षीय युवती पर क्या बीती होगी इसकी कल्पना मैं,आप बल्कि कोई नही कर सकता| जिसपर बीतती है

उसकी आत्मा जानती है की उसके साथ क्या हुआ था और उसे कैसा लगा था? आधे घंटे तक अयाती के कमरे से चीखे गूंजती रही पर मदद कहीं से कहीं तक नही मिली| आधे घंटे तक वो हैवान उस बच्ची पर अपनी हैवानियत का प्रदर्शन करता रहा पर उस दरिन्दे के ज़हन में एकपल भी ये ख़याल नही आया की अखीर वो एक बच्ची के तन के साथ ही दुष्कर्म नही कर रहा बल्कि उसकी आत्मा तक तक को तिल तिल कर मार रहा है|

चीखे आखिर थम गयी और अयाती एक गहरी ख़ामोशी में समां गयी,उसकी स्थिति ऐसी थी मानो आत्मा मर गयी हो और शरीर जिंदा हो बस| आँखे खुली थी,फटी हुई पर मानो दिख कुछ न रहा हो,मन और तन दोनों प्रभावहीन हो चुके थे| बहती आँखों का झरना और सीना चिर देने वाली दर्द से कराह रही चीखे अब मृत्यु जैसी ख़ामोशी में तब्दील हो गयी थी|

बेड से उठ खड़ा हो वो शख्स अयाती से कहता है- "अभी घर में तुम्हारी माँ और छोटी बहन भी है,मैं कुछ करना तो नही चाहता पर अगर तुमने मुह खोला तो मुझे मजबूरन..." ये बात सुनते ही खामोश बेजान समान पड़ी अयाती को मानो झटका सा लग गया हो| वो निचे बैठ उसके पैर पकडती है और गिडगिडाने लगती है,अपने परिवार के लिए दुहाई मांगती है| "मैं किसी से कुछ न कहूँगी पर रहम करो! मेरे परिवार को कुछ न करना" वो दर्द और मज़बूरी भरे अयाती के शब्द हृदय चीरने वाले थे| उस आदमी द्वारा किया गया वो कुकर्म समस्त पुरुष जाती पर एक महान कलंक के समान है जो अपराधी की मौत से भी नही मिट सकता था| ऐसा निर्लज्जो भरा नापाक काम कर वो आदमी हँसते हुए अयाती के कमरे से बहार चला जाता है| पर अयाती वहीं निर्वस्त्र ज़मीन पर पड़ी हुई थी,उसे न पकड़ो की सुध थी न पुरी तरह होंश था| क्या अगर आज पापा होते तो मेरे साथ ऐसा होता? अगर माँ हामिद से शादी ही नही करती तो क्या मुझे आज ये दर्द सहना पड़ता? देखिये आपकी बेटी के साथ क्या हो गया है आज? आप जिसे एक कोमल गुलाब कहते थे उसी गुलाब को कोई आज बेदर्दी से कुचल चला गया,आप क्यों चले गए पापा? यही सब विचार कर अयाती फुट फुट कर रोने लगी| आंसुओ की धराये थम ही

नही रही थी और आखिर इतना सब होने के बाद थमती भी कैसे? इतने में किसी के चलने की आहट आती है| अयाती वो आहट सुन सहम जाती है,उसे लगा वो आदमी दोबारा उसकी तरफ बढ़ रहा हो| वो डर की मारी कमरे के एक कोने में जाकर बैठ गई जैसे कोई डरता हुआ बच्चा छिपता हो| एक बार आने की और एक बार जाने की आवाज़ आई बस,उसके बाद न कोई कदमो की आहट न कोई आदमी आया| पर उसके मन से अभी भी डर नही निकला था. "कहीं वो फिर न आ जाए" बस यही एक बात थी जो उसे डराए जा रही थी| यहां अयाती सहमी हुई कोने में अर्धनग्न अवस्था में बैठी हुई थी तो वहीं अर्फिया कबसे हामिद के इंतज़ार में थी| आखिर एक लम्बे इंतज़ार के बाद हामिद वापस आ ही जाता है| हामिद जैसे ही अर्फिया को देखता है उसके चेहरे पर कई सवाल होते है, "कहाँ थे तुम? इतनी देर कहाँ कर दी? और जब काम ही करना था तो हमे डिनर पर क्यों लाये? इन सब सवालो के जवाब हामिद के पास थे पर उसने उन्हें दबाना वाज़िब समझा| "अरे छोड़ो भी अब, मैं आ गया हूँ तो डिनर शुरू करते है" कुछ देर बाद खाना आता है और सब खाना खाना शुरू कर देते है| अर्फिया अभी भी यही जानने के लिए हामिद से बार बार पूछ रही थी की वो गया कहा था? पर हामिद हर बार बात को टाल देता था|

हामिद:- कबसे तुम एक ही बात पूछे जा रही हो? अरे कुछ और बात करो, तुम्हारे इन सवालो ने सारा मज़ा ही किरकिरा कर दिया यहाँ आने का|

अर्फिया:- ठीक है बाबा नही पूछती, बस? गलती हो गयी मुझसे जो तुमसे सवाल किया,अब न कहूँगी कुछ भी| तुम कहीं भी जाओ आखिर मैं होती कौन हूँ तुम्हे पूछने वाली? आखिर दूसरी बीवी जो हूँ|

हामिद:- तुम बिना बात के बिगड़ रही हो यार, कहाँ की बात कहाँ ले जा रही हो?

अर्फिया:- तुम्हारा मतलब मैं बातो को खिचती हूँ?

इतने में निहारिका कहती हैं "अरे बस भी करो,लोग देख रहे है"

लोगो को अपनी ओर देखता देख अर्फिया निहारिका को ले,वहां से उठकर गाड़ी में जाकर बैठ जाती है| फिर हामिद भी खाना अधुरा छोड़ता है और बिल जमा कर कार में आ बैठ जाता है,सभी घर की ओर निकल

पड़ते है| रस्ते में कुछ देर दोनों शांत रहते है फिर अर्फिया कहती है-

अर्फिया:- सुनो...

हामिद:- क्या?

अर्फिया:- सॉरी! मुझे लगता मैं कुछ ज्यादा ही भड़क गयी तुमपर|

हामिद:- अब क्या सॉरी बोल रही हो? तुमने सारा मज़ा ही खराब कर दिया डिनर का|

अर्फिया:- पर गलती तुम्हारी भी थी|

हामिद:- खैर छोड़ो अब भूल जाओ वो सब|

अर्फिया;- हां! वैसे बुरा न मानो तो एक बात पुछू तुमसे?

हामिद:- तुम फिरसे वही सब शुरू कर रही हो?

अर्फिया:- अरे नही! कुछ और पूछना है|

हामिद:- क्या?

अर्फिया:- तुम्हारी पहली बीवी की मौत कैसे हुई थी?

हामिद कुछ देर खामोश पड़ जाता है और फिर कहता है " दरअसल वो १२ साल पहले ही मेरे बच्चे के साथ गुज़र गयी..."

अर्फिया:- बच्चे के साथ कैसे मतलब?

हामिद:- १२ साल पहले मैं और काशिफा बहुत खुश थे क्योंकि वो माँ बनने वाली थी| हमारा पहला बच्चा था तो मन में खुशी,बच्चे के आने का उत्साह और उससे जुड़ी ढेर सारी उम्मीदे थी| मुझे हमेशा से ही एक बेटी चाहिए थी,प्यारी सी नूर जैसी| पर शायद खुदा को ये नामंजूर था| डिलीवरी का दिन आ गया था,उस दिन काशिफा के पेट में जोरो से दर्द उठने लगा तो मैं उसे अस्पताल लेकर गया| डॉक्टर ने कहा "डिलीवरी का वक़्त आ गया है तो हमे डिलीवरी करनी होगी, आप बाहर बैठकर इंतजार करिए|" मैं बहुत देर तक अकेला बाहर बैठा रहा, और जैसे ही डॉक्टर बाहर आये,मैं उनसे कुछ पूछने के लिए उठा ही था की उन्होंने सिर झुकाकर कहा "हम माफ़ी चाहेंगे पर हम आपकी बीवी और बच्चे,दोनों को नही बचा पाए"

ये सुन मेरे पैरो तले ज़मीन ही खिसक गयी थी,दिल पर मानो किसी ने हजारो तीर चला दिए हो| कहाँ मैं एक चाँद के नूर जैसी बेटी के खवाब सजाये बैठा था और कहाँ मेरे खवाब के साथ मेरी जिंदगी ही चली गयी|

मेने कभी सोचा नही था की काशिफा मेरा साथ यूँ बीच मंझधार में छोड़ चली जाएगी...

अर्फिया हामिद को सँभालते हुए पूछती है- "१२ साल बीत गए उसे गए हुए और तुमने अब जाकर शादी की,इतने वक़्त तक क्यों नही?"

हामिद:- सच कहूँ न तो मैं काशिफा को अपने ज़हन से निकाल नही पा रहा था| लोग कहते है की मोहब्बत ताकत देती है पर उसकी यादों ने मुझे अन्दर तक खोखला और कमज़ोर कर दिया था,उसके जाने के बाद मैं पुरी तरह तन्हा हो गया था| पर जबसे मेने तुम्हे देखा है मुझे तुममे काशिफा दिखती है| वही नशीले आँखे,वही चमकता सुन्दर गोल चेहरा और वही काले घुंघराले बाल|

बाते करते करते कब घर आ गया पता ही नही चला,हामिद और अर्फिया कार से उतरते है पर निहारिका वहीँ कार में ही सो गयी थी| अर्फिया उसे जगाकर कार से बाहर निकालती है और जैसे ही वो दरवाजे के पास जाकर दरवाजे की घंटी बजाती है...तो घंटी की आवाज़ सुन कोने में डरी सहमी अयाती चौंक उठती है,उसे लगा वो फिर आ गया है...पर फिर सोचती है "माँ होगी"

अपनी व्यथा अपनी माँ को सुनाने और खुद पर क्या गुज़री वो दिल का हाल बताने अयाती अपने कपडे संभाल दरवाजे की तरफ दोड़ पड़ती है| दरवाजे की पांचवी घंटी बजने के साथ ही वो दरवाजा खोल देती है और रोती हुई अपनी माँ को गले लगा लेती है| अर्फिया उसका सिर सहलातो हुए कहती है "क्या हुआ बेटा?" अयाती जैसे ही कुछ कहने जाती है इतने में उसके ज़हन में उसकी माँ और बहन का ख़याल आ जाता है,उस आदमी की कही बाते... अयाती के दिमाग में घूम रही थी| उसे अपने परिवार के लिए अपने दुखो को पीना पड़ा| वो बात फेरते हुए कहती है- "कुछ नही माँ बस पापा की याद आ रही थी"

अर्फिया:- ओ...मेरा बच्चा! मैं हूँ न बेटा,इतने वक़्त बाद आज अचानक पापा की याद कैसे आ गयी?

अयाती:- कुछ नही माँ बस ऐसे ही|

पर अयाती की हालत कुछ ठीक न थी जो की अर्फिया को साफ़ साफ दिख रही थी| बाल पागलो की तरह बिखरे हुए थे,कपडे भी अव्यवस्थित

थे| हाथो और चेहरे पर कुछ खरोंचो के निशान थे तो वहीँ आँखे रोते रोते लाल हो गयी थी|

अर्फिया:- बेटा ये क्या हालत कर रखी तूने अपनी? ये खरोंचो के निशान? तू ठीक तो है न बेटा?

न चाहते हुए भी अयाती को सच पर पर्दा करना पड़ा और अपनी झूठी मुस्कान दिखाते हुए कहती है- "माँ मैं ठीक हूँ! बस नहाने गयी थी तो वहीँ पैर फिसल गया और ये खरोंचे आ गयी"

अर्फिया:- पर बेटा रात को नहाने की क्या जरुरत आन पड़ी? तबियत तो ठीक है न?

अयाती:- माँ तुम बेवजह ही फिक्र करती हो,अगर कोई परेशानी होती तो तुमसे छुपाती क्या भला?

"पर बेटा ध्यान रखा कर अपना,अब तू बच्ची नहीं रही" ये बात कहकर अर्फिया अपने कमरे में चली जाती है| हकीक़त पर पर्दा कर अयाती ने अपनी माँ और बहन को तो बचा लिया था पर आखिर वो खुद को कब इस जहन्नुम से बहार निकाल पायेगी? उसका उसकी माँ और बहन के प्रति प्रेम ने वास्तविकता में उनपर आने वाले संकट को कभी टाला ही नही था|

१ महिना बीत गया था पर ठीक वास्तविकता में कुछ हुआ ही नही था, अयाती के साथ आये दिन छेड़खानी होती रहती| डर के कारण अब उसकी आवज़ ही मर गयी थी,दर्द से उठती चीखे अब दब सी गयी थी| कौन था जो उसकी खामोश चीखे सुनता? कौन था जो उसके दिल का हाल बिन जाने ही समझ सकता? अर्फिया पतिप्रेम में मग्न थी,उसे बेटी का हाल क्या ही मालूम होता? कहने को माताए अपनी संतान का दुःख उनके चेहरे से ही पढ़ लेती है पर अर्फिया शायद ही उन कही बातो पर खड़ी उतर रही थी|

6

यहाँ अयाती नर्क से बत्तर वक़्त से गुज़र रही थी तो वंही घर में अनवर के निकाह की चर्चा होने लगी थी| बड़े होने के कायदे से पहले निकाह रसूल का होना चाहिए था पर पर उसने ताउम्र निकाह से इनकार कर दिया था| उसे निकाह शब्द से ही मानो चिढ़ थी या फिर शायद औरतो से ही| यही कारण था की रसूल से पहले उसके छोटे भाई अनवर का निकाह हो रहा था| और एक बड़ा कारण ये भी था की अनवर को किसी से मोहब्बत थी| लड़की के घर वालो और हामिद की हामी से अनवर और रुस्मान बानो का निकाह तय हुआ| रुस्मान बानो वही लड़की थी जिससे अनवर को इश्क है और उसी से उसका निकाह भी होने वाला था| दोनों परिवार मुस्लिम थे इसलिए निकाह के लिए किसी जन को इतनी तकलीफ नही हुई| धीरे धीरे निकाह के दिन नजदीक आ रहे थे,घर में भी जोरो से तैयारिया चल रही थी| घर में सब खुश थे पर अयाती के चेहरे पर खुशी की एक लकीर तक नही थी और होती भी कैसे? इतना कुछ होने के बाद वो अपनी आपबीती डर के कारण किसी को बता तक नही पा रही थी तो आखिर उसके मन में खुशी कैसे होती? बस घरवालो और घर आये मेहमानों के सामने झूठी मुस्कान दिखा देती थी जिसके पीछे वास्तविकता में दर्द कितना था इसका अनुमान किसी को था तक नही|

आखिर निकाह का दिन आ ही गया,घर पुरी तरह फूलो और अन्य सजावटी चीजों से सजा हुआ था| बीच में एक बड़ा सा सुन्दर झूमर लगा हुआ था जिसके नीचे निकाह पढने की व्यवस्था की गयी थी| हर कोई हडबडाहट में था क्योंकि मेहमानों की संख्या एक लम्बी तादार में थी|

बीते कुछ वक़्त में एक विनाश सा गया हो था,कइयो से उनके अपने छीन गए थे| अयाती ने अपने पिता तो अनवर और रसूल ने अपने माता पिता दोनों को खो दिया था| उस विनाश काल के बाद आखिर आज इतनी खुशी का और शुभ अवसर आया था| सभी के मन हर्षोल्लास से भरे थे पर अयाती अपने दुखो को ही पी रही थी| अनवर के मन में तो मानो मीठे मीठे लड्डू से फुट रहे थे और उसके मन में इतनी खुशी होती भी क्यों नही? आखिर उसे जिसने चाहा था अंत में उसे ही पाया|

इमाम(मुस्लिम रिवाज़ में शादी करवाने वाला) का आगमन हुआ| उनके आने के कुछ देर बाद अनवर और रुस्मान बानो को निकाह पढने के लिए आमने सामने बिठाया गया व ५० हजार मेहर राशि तय की गयी| रस्म-ओ-रिवाज़ के अनुसार इमाम रुस्मान बानो से पूछते है- "रुस्मान मोहम्मद अफताफ़ कुरैशी, आपका निकाह ५० हजार मेहर में अनवर हजुमुद्दीन मिर्ज़ा के साथ तय किया गया है|

क्या आपको ये निकाह कुबूल है?"

"कुबूल है" रुस्मान बानो कहती है|

इमाम फिर दोहरता है-

क्या आपको निकाह कुबूल है?

कुबूल है!

फिर दोहराया जाता है "क्या आपको निकाह कुबूल है?"

कुबूल है!

यही सब अनवर के साथ भी दोहराया जाता है और इसी तरह तीसरी बार दोहराए जाने के बाद अनवर और रुसमान की मोहब्बत एक शादी के रिश्ते में बंध जाती है|

सभी निकाह की महफील में मशरूफ थे,कोई जाम पे जाम चढ़ाये जा रहा था तो कोई नृत्य का लुफ़्त उठा रहा था| पर अयाती अपने गम का भार लिए इस महफील में होते हुए भी तन्हा थी,महफील के मज़े छोड़ वो अपने कमरे में चली जाती है| उससे अब बर्दाश नही हो रहा था वो किसी को बताना चाहती थी अपनी व्यथा पर वो पुरी तरह मजबूर थी| उसके पास उसकी सिर्फ एक ही ऐसी दोस्त थी जिसे वो अपने दिल का सारा हाल बिना डरे बता सकती थी औए वो दोस्त थी लेसी, अयाती की

डायरी| लोग महफील में मज़े ले रहे थे तो अयाती अपने दुःख को थोड़ा हल्का करने की कोशिश कर रही रही थी| उसने बिना हिचकिचाए हर एक बात,हर एक घटना जो उसके साथ हुई है और हो रही है,बड़ी सफाई और सच्चाई से लिखी| उसने अपना सारा दुःख मानो उन्ही पन्नो में उतार दिया हो| वो अपने अश्को को रोक नही पाई और लिखते लिखते रो पड़ी|

अयाती के आंसू ही नही थमे थे की इतने में बाहर से कुछ बड़ा भारी गिरने की आवाज़ आती है और उसके साथ ही लोगो की चीखे उठने लगती है| अयाती चोंक पड़ती है,वो अपनी डायरी को छुपाकर तेजी से हॉल की तरफ भागती है| वहां का जो मंज़र था उसे देख अयाती के होंश उड़ गए, हॉल में लगा वो बड़ा सा शानदार झूमर निचे गिर गया था| जिसके निचे इमाम,रुस्मान और अनवर दबे पड़े थे| रुस्मान के पैरो पर गिरा था झूमर इसलिए वो निकल नही पा रही थी पर अनवर और इमाम तो पुरे झूमर के निचे आ गए थे| न जाने इस शुभ अवसर पर ये क्या हो गया? सभी लोग झूमर को हटाकर उसमे फंसे लोगो को निकालने की कोशिश कर रहे थे| हामिद घबराया हुआ था,उसे डर था कहीं अनवर को कुछ हो न जाए? वो झूमर को हटाते हुए बार बार अनवर को आवाज़ देता "अनवर बेटा हम बचा लेंगे तुम्हे,फिक्र मत करना| तुम जल्द ही बाहर आ जाओगे" बहुत मशक्कत के बाद दोनों को बहार निकाला गया| अनवर का चेहरा पहचानने में भी नही आ रहा था,उसका पूरा शरीर खून से भीगा हुआ था| हामिद के मन का डर बढ़ता जा रहा था| लोगो ने एम्बुलेंस को कॉल कर दिया था पर हामिद ने एम्बुलेंस की राह न देखते हुए खुद अनवर को अपने कंधे पर उठाया और चिल्लाते हुए रसूल से कहा – "बेटा गाड़ी चालू कर" रसूल भागता हुआ कार की तरफ जाता है और तुरंत कार का दरवाजा खोल देता है| हामिद अनवर को कार की पिछली सीट पर लेटा देता है और दोनों हॉस्पिटल के लिए निकल जाते है| अनवर को चोट इतनी जगह लगी थी की किसी एक जगह पट्टी करने से खून के प्रवाह में कोई खास अंतर नही आता,खून बस बहता जा रहा था| उन्हें जल्द से जल्द अस्पताल पहुँचने की जरुरत थी| वो लोग आधे रस्ते में पहुंचे ही थे की इतने में रसूल अचानक से कार रोक देता है| "रसूल गाड़ी क्यों रोक दी?" हामिद कहता है|

रसूल:-चाचाजान आगे जाना मुश्किल होगा,ट्रेफिक पुरी तरह जाम है|

हामिद नज़र उठकर देखता है तो आगे एक लम्बा जाम लगा हुआ था और उनकी कार के पीछे भी अब और गाड़िया लग गयी थी| सिवाए इंतज़ार के उनके पास कोई चारा न था| कार में खून से लतपथ पड़े अनवर की जिंदगी इस ट्रेफिक जाम में अटक गयी थी,१५मिनट तक अनवर यूँही कार में तडपता रहा| जाम खुलने के बाद अनवर को तुरंत हॉस्पिटल ले जाया गया,अनवर की गंभीर हालत को देखकर डॉक्टर ने उसे तुरंत ही एमरजेंसी वार्ड में भर्ती करने को कहा| डॉक्टर कुछ जांच वगेराह कर रहे थे पर हामिद को एक पल का सब्र नही था| और आखिर होता भी कैसे? हामिद की बीवी और बच्ची की मौत के बाद अगर परिवार के नाम पर हामिद का कोई था तो वो बस रसूल और अनवर ही थे| उन दोनों भाइयो के भी अपने माता पिता की मौत के बाद हामिद इकलौता अपना था| छोटा होने की वजह से हामिद को अनवर से ज्यादा लगाव था और यही कारण था की अनवर की ऐसी हालत को देखकर हामिद का दिल बैठा जा रहा था|

कुछ देर बाद डॉक्टर साहब बहार आते है और थोड़े गंभीर भावो से कहते है- "देखिये मरीज़ की हालत बहुत ही ज्यादा नाज़ुक है,खून इतना बह गया है की अभी कुछ भी कहना मुश्किल होगा|" डॉक्टर का एक एक शब्द हामिद की पीढ़ा दस गुना बढ़ा रहा था| हामिद रोते हुए डॉक्टर के पैरे में गिर जाता है और गिडगिडाने लगता है "डॉक्टर साहब मेरे बच्चे को बचा लीजिये,जितने डॉक्टर बुलाने है बुला लीजिये बस इतनी इनायत कीजियेगा की मेरे बच्चे को बचा लीजिये|" डॉक्टर आनंद हामिद को उठाते हुए कहते है "देखिये आप संभालिये खुद को और संयम रखिये| भगवान पर भरोसा करिए वो सब उचित ही करेंगे|"

फिर अनवर को ऑपरेशन के लिए ले जाया जाता है| २ घंटे तक ऑपरेशन चलता रहा,इस बिच हामिद और रसूल इसी आस में थे की कब डॉक्टर साहब बाहर आये और अनवर की खैरियत सुनाये| डॉक्टर आनंद जैसे ही ऑपरेशन थिएटर से बाहर आते है-

हामिद:- डॉक्टर साहब कैसा है मेरा अनवर? सब ठीक तो है न?

डॉक्टर:-देखिये ऑपरेशन तो सफल रहा पर उसकी हालत में कब तक सुधार आएगा कुछ कहा नही जा सकता|

ये कहते हुए डॉक्टर आनंद वहां से चले जाते है| कुछ देर बाद अफिया भी निहारिका को लेकर वहां आ जाती है|

अफिया:- कैसा है अब वो?

हामिद:- डॉक्टर कह रहे थे की हालत बहुत नाज़ुक है,कुछ कह नही पाएंगे|

अफिया:- तुम संभालो खुद को खुदा सब अच्छा ही करेंगे|

ऐसे करते करते २ दिन बीत जाते है पर अनवर को होंश तक नही आया था,बल्कि दिन पे दिन उसकी हालत बिगड़ती जा रही थी| घर वाले सब परेशां थे,हर कोई ऊपर वाले से अनवर की खैरियत ही मांग रहा था| आखिर तीसरे दिन की शाम अनवर को होश आ ही जाता है,नर्स वार्ड से बहार आकर कहती है- "डॉ.आनंद! मरीज़ को होंश आ गया है|" डॉ.आनंद तुरंत उसे देखने चले जाते है| अनवर की खबर उसके परिवार जाने में उम्मीद की किरण जाग गयी थी,३ दिन से चेहरे से मुस्कान कहीं लुप्त सी हो गयी थी| जैसे प्रकाश पाकर कमल पुष्प खिल उठता है वैसे ही अनवर की कुशलता की खबर सुन हामिद भी खिल उठ था| कॉल करके घर पर सभी को बता दिया गया था की अनवर अब ठीक है|

डॉक्टर आनंद बाहर निकल कर कहते है "आप चाहे तो मिल सकते है उनसे पर सिर्फ कुछ वक़्त के लिए|" हामिद हडबडाता हुआ अन्दर जाता है,अनवर की खुली आँखे देख हामिद की आँखे चमक उठती है| वो उसके पास जाकर बेठता है और उसके सिर को सहलाते हुए कहता है- "तुमने तो जान ही निकाल दी थी यार,पता नही क्या क्या ख़याल आ रहे थे ज़हन में पर शुक्र है खुदा का की तुम ठीक हो" अनवर से कुछ कहा नही जा रहा था फिर भी थोड़ी हिम्मत जुटाता है और कहता है-

अनवर:- चाचाजान...अब्बाजान के जाने के बाद आप ही ने हमे संभाला है,अगर वो होते तो कभी रुस्मान से मेरे निकाह के लिए राज़ी नही होते...बस एक इनायत कीजियेगा|

हामिद:-बेटा क्या कह रहे हो तुम?

अनवर:- चाचाजान...रुस्मान का ख्याल रखियेगा|

हामिद:- बेटा ऐसा क्यों कहते हो? तुम हो तो सही उसका ख्याल रखने के लिए और उम्र भर रहोगे| कुछ नही होगा तुम्हे|

इतना कहा ही था की अचानक अनवर तड़पने लगता है,वो बार बार कुछ कहने की कोशिश कर रहा रहा था पर उससे कुछ कहा नही जा रहा था| उसने कसकर हामिद का हाथ पकड़ लिया और उसके मुह से जो अंतिम शब्द निकला वो था...रुस्मान| फिर वो वंही गिर पड़ता है| हामिद चिल्ला कर डॉक्टर को बुलाता है पर डॉक्टर के आने से पहले ही मशीने जवाब दे चुकी थी, तीन दिनों की तड़पन उसकी मौत पर आकर खत्म हुई| कहाँ वो अपनी जिंदगी की एक नयी शुरुआत करने जा रहा था और कहाँ उसकी किस्मत ने उसकी जिंदगी को ही खतम कर दिया|

८ घंटे पहले अस्पताल से लौटी रुस्मान बानो जो रुस्मान अनवर मिर्ज़ा बन चुकी थी,अपने शोहर के एक दीदार के लिए कबसे दरवाजे पर उसकी राह ताके खड़ी थी| वो पहले परेशान थी पर अर्फिया का कॉल आने के बाद उसके मन में खुशी थी की अनवर अब ठीक है,उसे उम्मीद थी की वो उसके पास लौटकर ज़रूर आएगा| पर उम्मीदे हर किसी की पुरी नही होती| हामिद की कार देख रुस्मान के मन में दिये जल उठे| उसके मन में कहीं आस थी की वो आएगा ज़रूर,हामिद को देख उसको अपनी आस पुरी होती दिख रही थी,ठन्डे पड़े अरमान जैसे जाग गए थे| वो लड़खड़ाती हुई हामिद की ओर भागती है पर सामने खड़ा हामिद वो हामिद नही था जिसके चेहरे पर हर वक़्त एक अलग से रुतबे की चमक रहती थी| ये तो कोई और ही हामिद था,थका-थका,बेचैन,बीमार,परेशान सा| उसे देख ऐसा लग रहा था जैसे वो अपना सब कुछ खो आया हो,आँखे खुली थी पर मानो सामने कुछ दिख न रहा हो| उसकी आँखों में बस अनवर के उस तड़पते लम्हे की तस्वीर घूम रही थी| रुस्मान अभी भी पुरी तरह ठीक नही हुई थी,वो दोड़ती हुई हामिद के पास आती है और लड़खड़ाकर निचे गिर जाती है| हजारो सवाल लिए जब उसकी आँखे हामिद की ओर उठती है तो वो उससे नजरे नही मिला पा रहा था|| रुस्मान,अनवर की खबर जानने को उत्सुक थी,वो कोई दफा हामिद से अनवर की खैरियत पूछ चुकी थी पर हामिद एक गहरी चुप्पी साधे खड़ा था| "बताइए न चाचाजान,अनवर कैसा है?" ये आखरी सवाल उसने अनवर के बारे में

किया ही था की इतने में एक और गाड़ी के आने की आवाज़ आती है,वो गाड़ी एक एम्बुलेंस थी| आगे के दरवाजे से रसूल को उतरता देख उसे लगता है की अनवर इस एम्बुलेंस में आया होगा| वो दोड़ती हुई एम्बुलेंस के पीछे के दरवाजे के पास जाकर खड़ी हो जाती है| पीछे के दो दरवाजे खुलते है और सफ़ेद कपडे पहने अस्पताल के दो कर्मी स्ट्रेचर पर लिटाये किसी को बाहर निकालते है जिसको पुरी तरह से सफ़ेद कपडे से ढका हुआ था| रुस्मान की धड़कने बढती जा रही थी,उसके मन में कई तरह के बुरे बुरे ख़याल आ रहे थे पर वास्तविकता में वो ख़याल झूठे तो नही थे... सच जो भी हो जैसा भी हो हमे उसका सामना करनाबी ही पड़ता है और वहां खड़े किसी भी सख्स में इतनी हिम्मत नही थी की वो रुस्मान को हक़ीकत से रूबरू करवा सके| पर कहते है की प्रकृति से शक्तिशाली कुछ नही होता,जो काम कोई नही कर सकता वो प्रकृति करके दिखा देती है| एक हवा का झोंका आता है और अनवर की मृत पड़ी देह पर ढके उस श्वेत वस्त्र को उसके तन से अलग कर देता है| अनवर का मृत शरीर देख रुस्मान का तो कलेजा ही फट जाता है,उसकी दुनिया तो बसते ही उजड़ गयी थी| क्या कुछ ख्वाब नही देखे थे उसने अनवर के साथ पर सारे ख्वाब,वो उम्र भर साथ देने का वादा...सब बस एक पल में खत्म हो गया था| वो ये सदमा बर्दाश नही कर पा रही थी,उसके मन की हलचल ही मानो थम गयी थी| वो बस एक मूर्ति कि तरह स्थिर खड़ी अनवर को देखे जा रही थी|

7

अनवर की मौत का सदमा उसके लिए असहनीय था| वो उसकी यादो को भुला नही पा रही थी और यही एक कारण था की अनवर की मौत को १५ दिन बीत जाने के बाद भी रुस्मान अपनी बीमारी से उभर नही पाई थी| अनवर की मौत वाले दिन ही उसे ऐसा सदमा लगा की न वो उस सदमे से बहार आ पा रही थी और ना ही उस दिन चढ़ा उसका बुखार उतर रहा था| जैसे जैसे वक़्त बीतता जा रहा था रुस्मान की हालत और बिगड़ती जा रही थी| अन्न का एक निवाला स्वेच्छा से नही लेती थी,शरीर सुखकर कांटे सा हो गया था| वो बस पुरे दिन एक ही कमरे में पड़ी रहती थी| उसकी नूर सी आँखों पर काले धब्बे से आ गए थे मानो कई दिनों से ठीक से सोई न हो,चेहरे का चाँद तक फीका पड़ गया था| वस्त्रो का भण्डार,श्रृंगार सब धरा का धरा रह गया,अनवर का बिछड़ना उसकी जवानी के सारे शौक खा गया|

२ महीने बीत चुके थे पर रुस्मान की हालत में सुधर रद्दी भर नही आया था| पहले तो वो कुछ पूछने पर जवाब भी दे दिया करती थी पर अब तो उसने बोलना भी बंद कर दिया था| न खुद कुछ कहती थी न किसी के पूछने पर कुछ जवाब देती थी| आफताफ़ की तो रातो की नींद ही उड़ गयी थी,बेटी की ऐसी हालत ने उसे बेचैन कर रखा था| उसे पल पल डर सताए रहता था की न जाने किस वक़्त क्या हो जाए?

हर रोज़ की तरह डॉ.आनंद आज फिर रुस्मान को देखने आए पर हर बार की तरह उन्हें उसमे कोई सुधार दिखाई नही दिया| रुस्मान के पिता आफताफ़ पास ही खड़े उसे एकटक देखे जा रहे थे|

आफताफ़:- डॉ. साहब आखिर मेरी बेटी ठीक क्यों नही हो रही है?

डॉ.आनंद:- देखिये कुरैशी साहब आपको सुनकर थोड़ा अजीब लगे पर जितना मैं समझ पाया हूँ उतना कहता हूँ।

आफताफ़:- आप हिचकिचाइए मत डॉ.साहब,जो कहना है साफ़ कहिये। आपकी बाते मेरी चिंता और बढ़ा रही है।

डॉ.आनंद:- मुझे लगभग २ महीने से ज्यादा हो गया आपकी बेटी रुस्मान का इलाज करते करते पर हालत में सुधार आने की बजाय उसकी हालत और बिगड़ती जा रही है। कोई ऐसी बात भी नही है की कोई गंभीर बीमारी हो,महज़ एक बुखार चढ़ा है जो सदमे के कारण उतर नही रहा है।

आफताफ़:- डॉ. साहब आप जो कहेंगे मैं वो करूँगा,चाहे अपनी सारी दौलत लुटानी पड़े तो भी मैं पीछे नही हटूंगा। बस आप रास्ता बता दीजिये।

ये कहते हुए आफताफ़ रो पड़ता है,डॉ.आनंद उसे दिलासा देते हुए कहते है-

डॉ.आनंद:- देखिये कुरैशी साहब आप संभालिये खुद को, अगर आप ही ऐसे टूट जायेंगे तो आपकी बेटी को कौन संभालेगा?

आफताफ़:- आप ही बताइए डॉ.साहब,भला कोई बाप अपनी औलाद की ऐसी हालत देख कैसे खुद को संभाल सकता है?

डॉ.आनंद:- हाँ! मैं समझ सकता हूँ की इस वक़्त आपपर क्या बीत रही होगी पर फिर भी यही कहूँगा की संयम रखिगे। सब ठीक होगा।

आफताफ़:- आखिर कब होगा डॉ. साहब? ऐसा क्या हो गया है जो मेरी बेटी को उभरने नही दे रहा है?

डॉ.आनंद:- देखिये मेने अपने १७ साल के कार्यकाल में बहुत से ऐसे केस देखे जिनमे मरीज़ पर दवाइयों का कोई असर नही होता। सभी मामलो में जो बात समान थी वो ये थी की मरीज़ की ठीक होने की दिली इच्छा ही खत्म हो गयी थी।

आफताफ़:- आपको मतलब है की मेरी बेटी खुद नही चाहती की वो ठीक हो?

डॉ.आनंद:- जी हाँ!

आफ़ताफ़:- पर ऐसा क्यों हो रहा है? वो क्यों ठीक होना नही चाहती?

डॉ.आनंद:- देखिये ऐसा अक्सर तब होता है जब इन्सान का कोई करीबी उससे दूर हो जाता है या उसकी मौत हो जाती है, या फिर उसके जीवन में कोई ऐसा हादसा हो जाता है जिससे उसकी जीने की इच्छा ही खतम हो जाती है| ऐसी स्थिति में मै तो बस आपसे इतना कहूँगा की मैं तो रुस्मान का इलाज करता रहूँगा पर आप भी लगातार कोशिश करते रहना की उसकी पुराने यादें जल्द से जल्द उसके ज़हन से निकल जाए| इसके लिए आप जितना हो सके उतना उसका ध्यान विचलित(dis tract) करिए| पुरानी बाते दोहराइये मत और जितना हो सके उतना कुछ अलग थलग करने की कोशिश कीजिये जिससे उसका ध्यान भटके| जैसे आप घर में कोई कार्यक्रम रख सकते है,कहीं बाहर घुमने ले जा सकते है जहाँ बहुत लोग हो| उसके सामने वो चीज़े करिए जो उसे पसंद हो और एक सबसे जरूरी बात की उसे ज्यादा अकेला मत छोड़िये| खाली दिमाग शैतान का घर होता है और ऐसे वक़्त में उसे अकेला छोड़ना किसी भी हालत में सही नही होगा|

आफ़ताफ़:- मैं अपनी जान लगा दूंगा डॉ. साहब अपनी बेटी को ठीक करने के लिए| और डॉ.साहब मैं आपका उम्रभर कर्ज़दार रहूँगा,आखिर आप कितना कर रहे है मेरी बेटी के लिए|

डॉ.आनंद:- अरे इसमें क़र्ज़ की क्या बात है? ये तो हम लोगो का काम है| वैसे मैं चलता हूँ अब मेरी बीवी मेरी राह देख रही होगी,काफी देर जो हो गयी है|

आफ़ताफ़:- जी जी बिल्कुल|

आफ़ताफ़ डॉ.आनंद को बहार छोड़ रुस्मान को दवाई देकर सुला देता है और खुद छत पर चला जाता है| रात के १२ बज चुके थे| यहाँ आफताफ़ तारो को देख खुदा से शिकायत कर रहा था "आखिर क्यों खुदा तूने मेरी बेटी की जिंदगी बेरंग कर दी? क्यों?अखिर क्यों? तो वहीं अयाती अपनी जिंदगी को कोस रही थी,वो अन्दर ही अन्दर इतना टूट चुकी थी की उसे बस अब अपनी मौत का इंतज़ार था पर वो खुदखुशी नही कर सकती थी| जिसका इकलौता कारण उसका परिवार था|

हमारी सोच चाहे जो भी हो पर वास्तविकता में मृत्यु कभी संतोष नही देती,मृत्यु से संतोष और शांति प्राप्त करना...वास्तविकता में हमारे जीवन की सबसे मिथ्या है| हालात कैसे भी हो पर जिंदगी से दूर भागना कभी एक उपाय नही होता पर रुस्मान ने इसे ही स्वीकार था की अब जीवन में कुछ नही बचा|

रात के २ बजे आफताफ़ छत से निचे उतरकर रुस्मान के कमरे में जाता है और लगभग १५ मिनट तक वो उसे ऐसे ही टर बदर देखता रहता है| फिर वो उसका सिर सहलाकर अपने कमरे में सोने के लिए चला जाता है| वक़्त गुज़रता है, रात ढलती है

और आखिर एक घने अँधेरे के बाद सूरज की किरणों ने रात के अन्धकार को चीर जग को रोशन कर दिया| पर क्या वाकई अँधेरा हट गया था? खिड़की से अन्दर आती सूरज की किरणे आफताफ़ के चेहरे पर गिरती है और उसकी आँखे खुल जाती है| वो अपने बिस्तर से उठता है और रोज़ की तरह नित्य कर्म करने के बाद रुस्मान के कमरे में उसे उठाने चला जाता है| वो उसे आवाज़ देता है “रुस्मान!” पर सामने से कोई हलचल नही होती| हर रोज़ भले ही वो कुछ जवाब न दे पर अपने पापा के बुलाने पर आँखे खोल उन्हें देखती ज़रूर थी पर इस बार २-३ बार पुकारने के बाद भी उसने एक दफा तक मुड़कर नही देखा| आफताफ़ अन्दर जाता है और उसकी बगल में जाकर बैठ जाता है| वो उसे जगाने के लिए उसके गालो को सहलाता है पर रुस्मान की देह पुरी तरह ठंडी पड़ी हुई थी| आफताफ़ बुरी तरह घबरा उठा,वो उसकी नफ्ज़ जांचने उसके हाथ को उठाता है पर रुस्मान की नफ्ज़ थम चुकी थी| वो उस घने अँधेरे में ही अपने दुखो से मुक्त हो गयी थी,जिंदगी ने उसके दुखो का इलाज नही किया पर मौत एक पल में उसके दुखो समेत उसे ले गयी| आखिर किसे पता था की बीती रात आफताफ़ आखरी बार अपनी बेटी का सिर सहला रहा था,उसके बाद वो उसे उम्र भर देख नही पायेगा| आफताफ़ की तो मानो दुनिया ही उजाड़ गयी थी| एड्बोर्ड शहर की तबाही ने उसकी बीवी को छीन लिया था उसके बाद उसका जो था वो सिर्फ उसकी बेटी रुस्मान ही थी| पर शायद ऊपर वाले को यही मंज़ूर था की आफताफ़ उम्र भर यूँही तन्हा ही रहे| डॉ.आनंद भी जांच के लिए आ चुके थे,वो जैसे ही रुस्मान

की कमरे में घुसते है उन्हें बेजान पड़ी रुस्मान का हाथ बेड से लटका हुआ मिलता है और उसी की बगल में आफताफ़ ज़मीन पर एक जिंदा लाश की तरह पड़ा हुआ था| डॉ.आनंद तुरंत रुस्मान की ओर बढ़ते है और उसकी नफ्ज़ जांचते है पर वो मर चुकी थी| वो आफताफ़ को उठाते है और बगल में पड़ी एक कुर्सी पर बिठा देते है| "संभालिये खुद को कुरैशी साहब" पर अब आफताफ़ के लिए खुद को संभालना मुमकिन नही था| और आखिर वो खुद को संभालता भी कैसे? उसकी इकलौती औलाद की मौत हुई भी तो कैसे? ऐसे...

8

रुस्मान की मौत की खबर हामिद और उसके परिवार तक पहुँच गयी| हामिद और अर्फिया ने निश्चय किया की वो अपने पुरे परिवार समेत उनके गम में शरीक होने जायेंगे| अर्फिया ने अयाती से पूछा चलने के लिए पर उसने हर बार की तरह इस बार भी मना कर दिया,हामिद रसूल से पूछता है पर रसूल ये कहकर मन कर देता है की उसे अभी आधे घंटे बाद अपने एक दोस्त की शादी के लिए निकलना है| अर्फिया जाने की तैयारिया करने लगती है| आधे घंटे बाद रसूल भी अपना सामान लिए ये कहता हुआ चला जाता है की "मैं दो दिन बाद लौटूंगा"| ३:३० पर रसूल के जाने के एक घंटे बाद हामिद और अर्फिया निहारिका को लेकर ४:३० पर आफताफ़ के घर के लिए निकल जाते है| करीब ढेढ़ घंटे का सफ़र तय करने के बाद वो लोग आफताफ़ के घर पहुँच जाते है| आफताफ़ की हालत ऐसी थी जैसे उसकी खुशियों पर कालिख सी पूत गयी हो,हामिद उसे जाकर दिलासा देता है| उस रात हामिद और अर्फिया चंही आफताफ़ के घर ही ठहर जाते है| पुरी रात रुस्मान की लाश वहीँ घर में पड़ी रही,सुबह सभी रिश्तेदारों के जाने के बाद सभी ज़रूरी रस्म-ओ-रिवाजों के साथ रुस्मान को दफनाया गया| दफनाने के कुछ देर बाद हामिद और अर्फिया भी अपने घर के लिए निकल जाते है| थके हारे जब वो लोग घर आते है तो 4 बार घंटी बजने के बाद भी कोई दरवाजा खोलने नही आता है| "अयाती तो आजकल कहीं बाहर भी नही जाती फिर ये दरवाजा क्यों नही खोल रही?"

• 47 •

घर के बहार एक गमले की मिट्टी में घर की एक दूसरी चाबी हमेशा गड़ी रहती है,हामिद गमले में से चाबी निकालकर दरवाजा खोलता है| दोनों अन्दर जाते है और अर्फिया २-३ बार अयाती को आवाज देती है पर उसका कोई जवाब नही आता| अर्फिया अयाती के कमरे में जाती है तो अयाती का कमरा पुरी तरह बिखरा हुआ था,कमरे का सारा सामान अस्त-व्यस्त था| मानो कोई जबरदस्त हाथापाई हुई हो| अर्फिया घबरा जाती है और जोर से चिल्लाती है "अयाती!" अर्फिया की चीख सुन हामिद अन्दर आता है और पूछता है-

हामिद:- क्या हुआ?

अर्फिया:- ये देखो अयाती का कमरा कैसे बिखरा पड़ा है और वो यहाँ कहीं नही है| न जाने मेरी बच्ची को क्या हुआ होगा?

हामिद:- तुम फिक्र मत करो अयाती को कुछ नही हुआ होगा,हम ढूंढते है उसे| बाहर पड़ोसियों से भी पूछते है|

पूरा घर छान मारा पर अयाती का कहीं कुछ पता नही लगा| फिर वो दोनों उनके इकलौते पडोसी जो उनके घर से थोड़ी ही दूर रहते थे,उनके घर पूछने गए|

दरवाजे की घंटी बजाने के बाद एक औरत अन्दर से बहार आती है| "हसीना जी क्या आपने अयाती को कहीं बाहर जाते या फिर बाहर से किसी अंजान को अन्दर आते देखा था क्या?" हामिद उनकी पड़ोसन हसीना से पूछता है|

हसीना:- हामिद साहब सब खैरियत तो है न?

हामिद:- जी हमारी बेटी अयाती का कुछ पता नही लग रहा, हम लोग आज ही एक मौत से लौटे है और तब से अब तक अयाती कहीं नही दिखी और तो और उसका कमरा भी बिखरा हुआ है|

हसीना:- माफ़ी चाहूंगी हामिद साहब, दरअसल मैं आज ही २ दिन के बाद अपनी अम्मी के घर से लौटी हूँ तो इस बारे में मुझे तनिक भी खबर नही है| पर आप मुराद साहब से बात कर लीजियेगा वो यहीं थे तो शायद कुछ पता हो उन्हें|

हामिद:- तो कहाँ है वो? ज़रा बुला दीजियेगा जल्दी!

हसीना:- दरअसल वो व्यापर के किसी काम से यूसोफ़ से बहार गए है और शायद आते आते कुछ महीने लग जाए| पर आप कॉल पर बात कर ही सकते है उनसे|

हामिद:- जी शुक्रिया!

फिर दोनों वहां से चले जाते है,हामिद लगातार मुराद को कॉल करने की कोशिश कर रहा था पर उसका कॉल एक बार भी नही लगा| जब इतना ढूढने के बाद भी अयाती का कुछ पता नही लगता तो अर्फिया निराश होकर रोने लगती है| हामिद अर्फिया को संभालता है और उसे सहारा देते हुए घर लेकर जाता है| पर अर्फिया के आंसू अब भी नही थम रहे थे, "तुम होंसला रखो,मैं अभी पुलिस स्टेशन जाता हूँ और FIR दर्ज करवाकर आता हूँ" हामिद अर्फिया से कहता है|

अर्फिया:- रुको! मैं भी चलती हूँ तुम्हारे साथ|

फिर दोनो कार में बैठ पुलिस स्टेशन के लिए निकल जाते है|

अगले दिन जब रसूल घर आता है तो घर में मानो मातम का माहोल छाया हुआ था|

रसूल:- क्या हुआ? सब ठीक तो है न?

रसूल:- अयाती का कुछ पता नही चल रहा, न जाने कहाँ चली गयी? पुलिस में भी रिपोर्ट कर दी पर वहां से भी कोई खबर नही आई|

"आप फिक्र मत करिए चाचिजान, अयाती का जल्द ही पता लग जायेगा और खुदा ने चाहा तो वो सलामत भी होगी" रसूल अर्फिया को दिलासा देते हुए कहता है| पर अर्फिया को एक पल का चैन नही था,उसे अपनी बेटी की चिंता सताए जा रही थी| रात हो गयी थी पर अर्फिया की आँखों में न एक पल की नींद थी और न उसके दिल को चैन था| वो लेटी हुई अपनी टिमटिमाती आँखों से बस पंखे को देखे जा रही थी| अयाती की चिंता उसे नींद नही आने दे रही थी| इतना वक़्त गुजरने के बाद हामिद को भी अयाती से लगाव हो गया था,भले ही अयाती उसे पसंद न करती हो पर फिक्र हामिद को भी थी उसकी और यही कारण था की नींद उसे भी नही आ रही थी| वो बस करवटे बदलते जा रहा था,चैन उसे भी नही था| रात के २ बज चुके थे| हामिद और अर्फिया उनके कमरे में थे पर रसूल इतनी रात को न जाने कहाँ हाथो में खाने की थाली लिए चुपके चुपके

घर से बहार जा रहा था| वो घर से बाहर निकलकर उनके सामने वाले घर में चला जाता है जो कभी निश्चय और उसकी माँ का हुआ करता था| निश्चय की मौत के बाद वो घर खंडहर सा हो गया था जहाँ कोई आता जाता नही था| रसूल दरवाजा खोलकर अन्दर घुसता है और एक बंद पड़े खाली कमरे के भीतर जाता है जो कभी निश्चय का हुआ करता था| कमरे की स्थिति बुरी तरह खराब थी,एक टुटा फूटा पुराना सा कमरा था जहाँ रोशनी की किरण तक नही थी| रसूल मोमबत्ती जलाता हुआ अन्दर जाता है जहाँ घने अँधेरे में रस्सियों से एक लड़की बंधी हुई थी| रसूल के कदमो की आहट सुन वो सहम जाती है पर मुह पर पट्टी बंधे होने के कारण कुछ कह नही पाती| रसूल मोमबत्ती लिए उसके पास जाता है और उसका मुह पकड़कर मोमबत्ती की रोशनी उसके चेहरे पर डालता है,वो लड़की... अयाती थी| वो उसके मुह से पट्टी हटाता है तो अयाती दर्द से कराती हुई उससे पूछती है- “आखिर क्यों कर रहे हो तुम मेरे साथ ऐसा?मेने क्या बिगाड़ा है तुम्हारा? आखिर किस चीज़ का बदला ले रहो तुम मुझसे?” रसूल उसका मुह दबोचता हुआ कहता है- “तुम सब भूल गयी पर मैं नही”

अयाती:- पर क्या?

रसूल बिना कुछ जवाब दिए अयाती का मुह फिर बाँध देता है और उसे फिरसे उस अँधेरे कमरे में बंद कर,खाना उसके सामने रख चला जाता है| पर अयाती मजबूरी में बंधी वहीँ उस अँधेरे कमरे में बेबस,बुखी प्यासी वहीँ पड़ी रहती है| उसकी बेबसी कुछ इस कदर थी की खाने की थाली सामने पड़ी होने के बाद भी वो हाथ बंधे होने के कारण न उसे छू सकती थी और न ही मुह बंधे होने के कारण उसे खा सकती थी| वो बस अन्धेरे में पड़ी पड़ी अपनी जिंदगी को कोस रही थी| और आखिर किसने सोचा था की रसूल जिसकी परिवार में एक आदर्श छवि थी वो बलात्कार और एक बेबस लड़की के साथ इतने बेदर्दी और बेहया भरे अत्याचार भी कर सकता है?

रात से सुबह हो गयी थी पर अर्फिया के लिए बस वक़्त गुज़र रहा था| पुरी रात उसे नींद नही आई,अपनी बेटी की चिंता ने उसे पुरी रात सोने नही दिया| बीते दिन से उसे न कुछ खाने की सुध रही थी न पीने की,घर में हर कोई बुखा था| हामिद और अर्फिया फिर पुलिस स्टेशन के

लिए निकल जाते है और जैसे ही वो लोग घर से बहार निकलते है वैसे ही रसूल भी तुरंत घर से निकल सामने वाले घर में चला जाता है जहाँ उसने अयाती को कैद कर रखा था| वो उसके पास जाता है और उसके हाथ और मुह खोल देता है और उसके सामने पिछली रात को वो बासी खाना रख देता है जिसे वो छोड़कर गया था| वो तीन दिनों से भूखी थी इसलिए जैसे ही खाना मिलता है वो पागलो की तरह खाने लग जाती है|

जिस लड़की को उसके पिता ने राजकुमारियो की तरह पाला था उसकी आज ये दुर्दशा हो जाएगी,ये किसने सोचा था? अयाती खाते खाते अपने पापा को याद कर फुट-फुट कर रोने लगती है| पर रसूल उसका मुह पकड़कर उसे जोर से दिवार से पटक देता है,वो दर्द से चीख उठती है पर उसका मुह इतनी जोर से दबोचा गया था की उसकी आवाज़ वंही दब जाती है| अयाती रोती हुई कहती है- "आखिर क्या बिगाड़ा है मेने तुम्हारा? क्यों तडपा रहे हो मुझे?"

रसूल:- तुम्हे तो याद तक नही तुमने क्या किया है और ये सब तुम्हारी ही करनी का अंजाम है|

अयाती:- पर किया क्या है मेने?

रसूल:- आज तुम्हे सब याद दिलाता हूँ की किया क्या है तुमने? रसूल आवेश में आ जाता है और जोर से उसके पेट में लात दे मरता है जिससे अयाती दर्द के कारण रोने लगती है पर वो फिरसे उसका मुह बंद कर देता है और उसे ज़मीन पर पटक कर फिरसे उसके हाथ पैर बाँध देता है|

रसूल:- तुम्हे जानना ही है न? तो याद करो! तुम्हे याद है मेरा भाई अश्फाक? जो तुमसे बेपनाह मोहब्बत करता था पर तुमने क्या किया? उसकी जिंदगी ही उससे छीन ली|

अयाती:- तुम अश्फाक के भाई हो?

रसूल:- हां!

अयाती:- पर मेने कुछ नही किया,उसने खुदखुशी की थी|

रसूल:- किसकी वजह से? तुम ही वजह हो न?

"तुम्हारे एक मजाक ने मेरे भाई को खुद को खत्म करने के लिए मजबूर कर दिया था,और इसीलिए उसकी कातिल सिर्फ तुम हो सिर्फ

तुम...

अयाती:- पर मेरी बात तो समझो,मेने ऐसा कुछ नही किया|

रसूल:- फ़रेबी हो तुम! तुम्हे कभी उसकी मोहब्बत की क़द्र नही थी पर वो...वो तुम्हे पागलो की तरह चाहता था| तुम्हारी फोटो हमेशा अपने साथ रखता था और मुझे दिखा कर कहता था "भाईजान में इसी से निकाह करूँगा"| पर तुमने उसके अरमानो के साथ उसे भी खत्म कर दिया| एड्बोर्ड की तबाही से तो बच गयी तुम पर अब अपनी करनी की सजा भुगतोगी तुम|

उस बेबस लड़की के साथ उसने वही किया जो वो करता आ रहा था,उसने फिर उसका बलात्कार किया| वो बदले के नाम पर बस अपनी हैवानियत दिखा रहा था| उसने उसका पूरा शरीर निचोड़ डाला...पुरे नंगे बदन पर खरोंचे ही खरोंचे थी| जानवरों से भी बत्तर सलुख किया गया उसके साथ,उसकी दर्द से उठती चीखे भी उसके मुह पर बंधी पट्टी तले दब गयी| अयाती अधमरी हालत में वही पड़ी रह जाती है और रसूल हसता हुआ वहां से चला जाता है|

एक हफ्ता बीत गया पर अर्फिया को अयाती का कुछ पता नही लगा| रसूल अपने काम में इतनी सावधानी बरत रहा था की किसी को शक तक नही हुआ उसपर| अयाती अपनी बेटी को ढूंढने की हर मुमकिन कोशिश कर रही थी पर सिवाए नाकामी के उसके हाथ कुछ नही लग रहा था| अपनी बेटी को ढूंढने की तमाम नाकाम कोशिशो के दौरान ही उसे पता लगा की वो अब फिरसे माँ बनने वाली है| उसकी एक औलाद अचानक से कहीं गुम हो गयी थी तो अब एक आने वाली संतान उसके पेट में पल रही थी| उसे अब अयाती की फिक्र के साथ नए आने वाले मेहमान की भी परवाह करनी होगी| अर्फिया ने ये बात जब हामिद को बताई तो वो तो खुशी से फुला नही समाया,एक अरसे से बेरंग पड़ी उसकी जिंदगी में जैसे सातो रंग ही घुल गए हो| हालाँकि खुश अर्फिया भी थी पर अपनी बड़ी बेटी के लिए चिंता उसकी आने वाली संतान की खुशी को छलकने नही दे रही थी| पुलिस भी अपना काम कर रही थी तो हामिद से भी जो बन पड़ रहा था वो, वो कर रहा था अयाती को ढूंढने के लिए पर जबसे उसने अर्फिया के माँ बनने की खबर सुनी थी उसका आकर्षण अजन्मे बच्चे

की तरफ ज्यादा हो गया था,वो अर्फिया का अब ज्यादा ध्यान रखने लगा था|

धीरे धीरे करते करते २ महीने बीत चुके थे अयाती को गायब हुए पर न अब तक अयाती का किसी को पता लगा था न किसी को रसूल पर रद्दी भर भी शक हुआ था| वो अपनी हैवानियत का प्रदर्शन आए दिन करता रहता था| आये दिन अयाती के साथ दरिंदगी भरे काम किये जाते थे| एक लाचार लड़की के तन के साथ खिलवाड़ होता था,रसूल को उसके दर्द तक का ख़याल नही था| अब उसमे भी माँ बनने के संकेत नज़र आने लगे थे पर रसूल इस बात से अनजान था| जैसे ही रात हुई रसूल हर बार की तरह अयाती के लिए खाना लेकर जाता है ताकि वो जिंदा रह सके और उसके ज़ुल्मो को आखरी सांस तक सह सके| वो जैसे ही खाना लिए अन्दर जाता है तो देखता है की अयाती ने अपने हाथ पैर खोल लिए थे,मोमबत्ती लिए रसूल को देख अयाती घबरा जाती है पर फिर भी हिम्मत करके उसपर हमला करती है पर उस हमले से कुछ हाथ न लगा| दिन में एक वक़्त का खाना मिलता था वो भी बासी और ऊपर से उतने शोषण के बाद उसकी हालत बिना जल की मछली की तरह हो गयी थी जो सिर्फ तड़प सकती थी| रसूल उसका गला पकड़ एक ज़ोरदार धक्का देता है जिससे अयाती कमरे में पड़ी एक अलमिराह से टकरा जाती है और निचे गिर पड़ती है| अलमिराह के ऊपर से एक डायरी अयाती के पास आकर गिरती है,चांदनी रात होने के कारण चाँद की रोशनी उस छोटी सी खिड़की से सीधे कमरे के अन्दर आ रही थी जो हमेशा तो बंद रहती थी पर आज अयाती ने उसे भागने के फ़िराक से खोला था| उस खिड़की से अन्दर आती रोशनी डायरी पर पड़ती है जिसपर ‘निश्चय’ लिखा हुआ था| अयाती उसपर लिखा नाम पढ़ लेती है पर भूख से पैदा कमजोरी और इतने शोषण ने उसकी हालत खराब कर रखी थी जिस कारण अलमिराह से टकराने के कुछ देर बाद ही वो बेहोश हो जाती है| उसे बेहोश देख रसूल खाना उसके सामने फेंक वहां से चला जाता है,पुरी रात अयाती ऐसे ही बेहोश पड़ी रही| सुबह जब उसे होंश आता है तो उसके पास निश्चय की डायरी पड़ी हुई थी| वो खुद संभलती है,डायरी उठाती है और उसे पढना शुरू कर देती है| डायरी के बहुत से पन्नो में अयाती का

ही नाम,उसी का ज़िक्र था| वो डायरी पढ़ती पढ़ती उसे सीने से लगा लेती है,उसकी पुरानी,दबी,मरी भावनाए उस डायरी से कहीं जिंदा सी हो जाती है| डायरी पढ़ते पढ़ते अयाती इतना तो समझ गयी थी की निश्चय अपने परिवार से बहुत दुखी था,उसने कई जगह अपनी पारिवारिक समस्याओ के बारे में लिख रखा था| वो आधे घंटे तक डायरी पढ़ती रही और फिर वो पढ़ती पढ़ती उस आखरी दिन के पन्ने पर पहुँच गयी जब निश्चय ने खुदखुशी से ठीक पहले लिखा था| वो पन्ना महज़ एक पन्ना नही था,वो साबुत था उस कारण का जिस वजह से निश्चय ने खुदखुशी की थी| उसमे लिखा था –

'मुझे नही पता अयाती या कोई और इसे कभी पढ़ भी पाएंगे या नही पर फिर भी मैं इसे लिख रहा हूँ क्योंकि मेरी एक उम्र बीत गयी हर चीज़ सहते सहते| मेने कभी किसी से कुछ नही कहा बस अपने सारे दुखो को इस डायरी में लिख दिया करता था| पर आज तो आखरी दिन है यार मेरा ! मैं खुलकर लिखूंगा| तुम्हे मेरे जाने के बाद शायद थोड़ा अजीब लगे की क्यों मेने अचानक मौत को चुना? तो मेरे दोस्त मेरे पास वजह थी,एक बड़ी वजह| मेने पहले भी अपनी कलाई काटने की कोशिश की थी पर मेरी हिम्मत ने जवाब दे दिया था,मैं नही कर पाया| मेरे पापा की मौत के बाद मेरी माँ ने अपना असली रंग ही दिखा दिया था,वो मुझसे ऐसे पेश आती थी जैसे मैं कोई गैर हूँ| उनके गैर मर्दों के साथ कई नाजायज़ सम्बन्ध है,आये दिन कोई न कोई घर आता ही रहता है| मेरे घर पर होते हुए उन्हें शर्म तक नही आती ये सब करते हुए और ये सिर्फ बीते कुछ दिनों की ही बात नही है, मैं पिछले ५ सालो से ये सब सह रहा हूँ,जब मैं १४ का था तब से| किसी और मर्द का मेरे घर आना मुझे गुस्सा दिलाता था तो मैं गुस्से में उन्हें बहुत कुछ कह देता था और बदले में वो मुझे मारते पिटते थे| मेरी माँ वंही खड़ी खड़ी मुझे पिटता देखा करती थी पर मुझे बचाने वो कभी बिच में नही आई| मेने कल ही उन्हें किसी से फ़ोन पर बात करते सुना की मैं उनपर बोझमात्र हूँ, उससे ज्यादा कुछ नही| इतना सब होने के बाद मेरी जीने की तमन्ना ही खत्म हो गयी| मुझे नही पता अयाती तुम इसे कभी पढ़ भी पाओगी भी या नही पर अगर मेने इस जहाँ में सबसे ज्यादा किसी को चाहा है तो वो सिर्फ तुम हो पर हमारी चाहत बस यंही तक ही

थी| मैं ये हर रोज़ की शर्मिन्दगी,लोगो के मुह से मेरी माँ के लिए तरह तरह की बाते नही सुन सकता,हर रोज़ मेरी माँ के नाम से मुझे ताने दिए जाते है मैं उन्हें लेकर अब नही जी पाऊँगा| जाते जाते बस एक बात का अफ़सोस रहेगा मुझे की मैं तुम्हारे साथ अपनी पुरी उम्र नही बीता पाया खैर तुम ख्याल रखना अपना|

चलता हूँ...'

डायरी का आखरी पन्ना पढ़ते पढ़ते अयाती रोने लगती है| उसे कभी पता तक नही था की निश्चय कितना कुछ सह रहा था| वो हर बार अपनी चमकदार मुस्कुराहट के साथ ही दिखता था,इतना कुछ होने के बाद भी उसने कभी अपने भाव अपने चेहरे पर आने नही दिए| उसकी मुस्कान के पीछे उसे उसकी मौत तक पहुँचाने वाली पीढ़ा छिपी है आखिर कौन जानता था? पर उसकी डायरी का यूँ अचानक सामने आ जाने से उसकी मौत का खुलासा हो गया था| उसके सभी करीबियों,रिश्तेदारों, दोस्तों और जो भी उसे जानता था उनके मन में कंही न कंही ये सवाल था ही की आखिर क्यों उसने खुद को मारा होगा? पर कहीं न कहीं उसकी माँ जानती थी की उसने क्यों आत्महत्या की और अब ये बात अयाती भी जानती थी| पर वो खुद बेबसी के जाल में बंधी एक नरकमय जीवन जी रही थी,वो कुछ नही कर सकती थी| डायरी पुरी पढने के बाद अयाती उसे सीने से लगाकर वंही सो जाती है|

धीरे धीरे वक़्त बीतता जाता है और गर्भवती होने के कारण अयाती का पेट भी फूलने लगता है| ऐरी अवस्था में स्त्रीयों को बहुत देखरेख की आवश्यकता होती है पर अयाती ऐसी हालत में भी कैदियों की तरह बंधी हुई थी| रसूल को भी पता लग गया था की अयाती माँ बनने वाली है पर उसके मन में रद्दी भर भी रहम नही जागा था उसके लिए| वो ऐसी हालत में भी अयाती के साथ बेहया,बेदर्दी भरे काम करता था,वो बदले के नाम पर उस बच्ची की ऐसी अवस्था में भी अपनी हवास की भूख शांत कर रहा था| बलात्कार...| अयाती चीखती,चिल्लाती रहती थी दर्द से पर रसूल को न उसपर रहम आता न उसके पेट में पल रहे बच्चे पर| हर दिन वो उसी दर्द से गुज़रती| पर हामिद अर्फिया का पूरा ध्यान रख रहा था और कोशिश कर रहा था की उसे अयाती की फिक्र न सताए क्योंकि

ये बच्चे की सेहत पर बुरा प्रभाव डाल सकता था| धीरे धीरे डिलीवरी का वक़्त नजदीक आ रहा था,एक दिन अर्फिया कुर्सी पर बैठी हुई अयाती की तस्वीर देख रही थी| अचानक से उसके पेट में जोरो का दर्द उठने लगा और वो चिल्लाने लगी| हामिद जो की उसके लिए किचन में खाना लेने गया था,अर्फिया की चीख सुन तुरंत दौड़ा हुआ आता है| अर्फिया को देख उसने तुरंत रसूल को आवाज़ लगाई और दोनों मिलकर उसे अस्पताल ले गए| ९ महीने के लगभग बीत गए थे और यही समय था जब अर्फिया माँ बनने वाली थी|

यहाँ अन्दर अर्फिया की डिलीवरी हो रही थी तो वंही उस अँधेरे कमरे में बंधी अयाती के पेट में भी दर्द उठने लगा था पर वंहा उसकी दर्दभरी चीखे सुनने वाला कोई नही था| और कोई उसकी चीखे सुनता भी कैसे? रसूल ने उसके मुह पर एक पट्टी जो बाँध रखी थी| अयाती को गर्भवती हुए अभी ७ महीने ही हुए थे और इतने कम वक़्त में बच्चे के जन्म लेना सामान्य नही था| ये बच्चे और माँ दोनों के लिए जानलेवा हो सकता था| पर इससे किसी को फर्क नही पड़ने वाला था| अयाती असहनीय दर्द से तड़प रही थी,उसके शरीर से खून निकलने लगा था| पर बेबसी के कारण वो कुछ नही कर पा रही थी| उसका दर्द बढ़ता जा रहा था,वो तड़प रही थी पर उसकी आवाजे ,उसकी चीखे उसके मुह पर बंधी उस पट्टी में ही दब रही थी|

इस वक़्त थोड़ी हद तक अर्फिया और अयाती की हालत एक जैसी थी| अर्फिया भी अस्पताल में दर्द से चीख रही थी पर उसकी चीखो के बाद उसकी बेटी की किलकारी छुटी तो उसके मन को सुकून सा आ गया था| अर्फिया ने एक नन्ही सी परी को जन्म दिया था| यहाँ अस्पताल में अर्फिया की एक बेटी की किलकारियां गूंज रही थी तो वंही उसकी दूसरी बेटी अयाती की साँसे दर्द से चीखते चीखते ही थम गयी थी| वो अब पुरी तरह शांत हो चुकी थी,हमेशा के लिए| अयाती ने अपने दुखो ने निजात एक बेहद दर्दभरी मौत के साथ पाया| खून से लतपथ अयाती की लाश उसी के खून के ऊपर ३ दिन तक ऐसे ही लावारिसो की तरह पड़ी रही| चौथे दिन जब रसूल खाना देने आता है तो अयाती मर चुकी थी,उसकी लाश सड़ना शुरू हो गयी थी| अयाती को मरा देख रसूल घबरा गया| फर्श

पर खून ही खून बिखरा हुआ था,उसके शरीर के निचले भाग में से उस अजन्मे बच्चे का अविकसित भाग निकला हुआ था...वो बस एक बड़ा सा मांस का टुकड़ा था बच्चा नही| उसके भीतर की सारी नसे दिखने लगी थी| अयाती जिस हालत में मरी पड़ी थी उसे देख किसी की भी रूह कांप उठ जाएगी फिर उस बच्ची की मौत कितने दर्द की साथ हुई होगी इसका कल्पना तक नही की जा सकती| अयाती की मौत के बाद भी रसूल को उसपर दया ना आई और ना ही उसे अपने किये का पछतावा हुआ| अपनी गलती मानने के बजाय उसने रात भर एक गड्डा खोदा और अयाती को उसमे दफ़न कर वहां से चला गया|

अयाती...उसने एक ऐसी मौत पाई थी जिसके बारे में कोई सोच तक नही सकता था,वो चली गयी...अपने दुखो से दूर एक दर्दनाक मौत के साथ| अर्फिया को तो खबर तक नही थी की उसकी बेटी के साथ क्या क्या हुआ था?

९

घर में सभी बहुत खुश थे और होते भी क्यों नही घर में एक नया मेहमान जो आया था| पर उनमे से किसी को अयाती के बारे में अंदाजा तक नही था,रसूल भी अपने चेहरे से फिक्र हटा उनकी खुशी में शामिल हो जाता है| घर में बच्ची के नाम को लेकर चर्चा हो रही थी की आखिर क्या नाम रखा जाए? काफी नाम सामने आये जैसे आस्तिया,आरोही,मन्नत| फिर अचानक से हामिद को एक नया नाम सूझता है और वो कहता है – "इनसिया कैसा रहेगा?" इनसिया... वो नाम अफिया का चेहरा उतार देता है,खुशी से भरा उसका मन एकदम से किसी पुरानी चोट में तब्दील हो जाता है|

हामिद:- क्या हुआ? तुम्हारा चेहरा क्यों उतर गया?

अफिया:- जब अयाती हुई थी तब अनिरुद्ध ने भी यही नाम पसंद किया था| इतना वक़्त बीत गया पर उसका कहीं पता नहीं लगा,न जाने कहाँ होगी मेरी बच्ची?

और फिर अफिया वहां से उठकर चली जाती है|

धीरे धीरे करके वक़्त बीतता गया,इनसिया अब ५ साल की होने वाली थी| पर अब तक अफिया या किसी और को अयाती के बारे में कुछ पता नही चला था| रसूल तो अब पुरी तरह भूल चूका था की उसने अयाती की क्या हालत करके छोड़ी थी| पर अफिया इन बीते ५ सालो में एकपल भी अपनी बेटी को नही भुला पाई थी| कई दफा वो अयाती के कमरे में घंटो बैठी अयाती की तस्वीर देखती रहती थी| २ दिन बाद इनसिया का

पांचवा जन्मदिन था जिसकी तैयारिया अभी से शुरू हो गयी थी| सभी अपने अपने कामो में व्यस्त थे और दिन कब बीत गए कुछ पता ही नही चला| इनसिया के जन्मदिन पर एक बड़ी सी पार्टी रखी गयी,पार्टी में बहुत मेहमान आये,सभी खुश थे| पार्टी हाल ही में शुरू हुई थी तो मेहमान अभी भी आ रहे थे| हामिद,रसूल,निहारिका और इनसिया पूरा मिर्ज़ा परिवार पार्टी का लुफ़्त उठा रहे थे| पर अर्फिया अयाती के कमरे में उसकी चीजों को देख उसे याद कर रही थी| वो उसकी किताबे देख रही थी तो इतने में अर्फिया को एक मोटी सी किताब मिलती है जिसको अन्दर की और से काटकर उसमे एक डायरी छुपाई हुई थी,वो अयाती की डायरी थी| अर्फिया हैरान हो जाती है क्योंकि उसे कभी पता नही था की अयाती डायरी भी लिखती है| वो डायरी को बहार निकलती है और पढना शुरू कर देती है| शुरूआती कुछ पन्ने पढ़कर वो मुस्कुराने लगती है क्योंकि उनमे उनकी पुरानी जिंदगी के कई किस्से लिखे थे| जैसे जैसे वो आगे बढती है उसे पता लगता है की निश्चय अयाती का महज़ दोस्त ही नही था,वो चाहती थी उसे| फिर आगे के कुछ पन्नो में अर्फिया और हामीद की शादी को लेकर उसकी नाराज़गी,वो खुश नही थी उनकी शादी से| फिर आखरी वो पन्ने आ जाते है जिनमे अयाती ने अपनी आपबीती लिखी थी| रसूल ने उसके साथ क्या क्या किया था उसने सब कुछ स्पष्ट रूप से लिखा था| उसका दर्द वो तन्हाई...सब कुछ| डायरी का आखरी पन्ना पढ़ते पढ़ते अर्फिया फुट फुट कर रोने लगी, "हे!खुदा मेरी बेटी के साथ इतना कुछ हो गया,वो इतने दर्द में जी रही थी पर कभी मुझे पता ही नही चला" इतने में हामिद उसे लेने कमरे में आता है तो उसे रोता देख फिक्र में पढ़ जाता है|

हामिद:- क्या हुआ? तुम ठीक हो न?

अर्फिया अपने आंसू पोंछ कर कहती है "तुम मेरे साथ नीचे चलो"

हामिद:- पर हुआ क्या? बताओ तो|

पर अर्फिया बिना कुछ जवाब दिए हाथ में डायरी लिए नीचे चली जाती है| वो नीचे आती है और रसूल के पास जाकर सबके सामने उसे एक ज़ोरदार थप्पड़ मारती है| जश्न चल रही महफील में एकदम से सन्नाटा छा जाता है|

अफ़िया:- आखिर क्यों किया तुमने मेरी बच्ची के साथ ऐसा?

रसूल घबराया हुआ कहता है " ये...क्या...क्या कह रही है आप चाचीजान?"

हामिद:- अफ़िया बताओ भी,हुआ क्या है?

अफ़िया:- ये इस हैवान से पूछो की इसने क्या किया है मेरी बच्ची के साथ?

हामिद:- रसूल ये क्या हो रहा है? क्या किया है तुमने?

रसूल:- चाचाजान मेने कुछ नही किया|

अफ़िया:- अच्छा! कुछ नही किया न तुमने? तो ये क्या है?(अफ़िया डायरी दिखाते हुए कहती है)

रसूल:- क्या है?

अफ़िया:- तुमने अयाती के साथ क्या क्या किया है वो सब उसने अपनी डायरी में लिख रखा है|

फिर हामिद वो डायरी ले लेता है और उसे पढने के बाद उसे इतना गुस्सा आता है की वो रसूल को मारने पीटने लगता है| 'आखिर क्यों किया रसूल तूने ऐसा?क्या बिगाड़ा था उस बच्ची ने तेरा?"

अंत में रसूल सच कह ही देता है|

रसूल:- ये आप पूछ रहे है चाचाजान? अयाती ही वो लड़की है जिसकी वजह से मेरे छोटे भाई अश्फाक ने खुदखुशी की थी|

अफ़िया:- अश्फाक? वो सुसाइड लेटर?

रसूल:- हां वो सुसाइड लेटर! मेरे भाई ने लिखा था पर वो अपनी मौत तक उसे नही पहुंचा पाया| वो तो मेने एक दिन आपको चाचाजान के साथ देखा और फिर कुछ दिनों बाद अयाती को आपके साथ तो मैं समझ गया की आप ही उसकी माँ हो| फिर मेने ही वो लेटर पोस्ट किया था|

अफ़िया:- पर उसमे मेरी बेटी की कोई गलती नही थी, उसने खुदखुशी की थी|

रसूल:- पर वजह आपकी बेटी ही थी जिसकी उसे सजा भी मिल चुकी है|

अफ़िया:- क्या मतलब सजा भी मिल चुकी है? क्या किया है तुमने अयाती के साथ?

रसूल खामोश पड़ जाता है और पानी नज़रे फेर लेता है|

हामिद:- बताओ रसूल कहाँ है अयाती?

रसूल:- वो मर चुकी है...

इन तीन शब्दों ने अर्फिया के होंश ही उड़ा दिए थे,वो ये बात सह नही पाई और वंही बेहोंश होकर गिर गयी| जब तक उसे होंश आता है तब तक पुलिस वहां आ चुकी थी| उन्हें अयाती की लाश का भी पता लग गया था,हामिद अर्फिया को वहां ले जाता है जहाँ रसूल ने अयाती की लाश को दफनाया था| निश्चय के घर में,उसी कमरे में उसे दफ़न किया गया था जहाँ उसे उसकी मौत तक कैद कर रखा था| लाश मिलने पर अयाती का सिर्फ कंकाल बचा था, अयाती के कंकाल और रसूल तो पुलिस ले जाती है पर अर्फिया उस गड्डे के पास बैठी बैठी रोती रही जहाँ अयाती को दफ़न किया गया था| उसने कभी सोचा तक नही था की पांच साल बाद उसे अपनी बेटी मिलेगी वो भी ऐसी हालत में? वो घंटो तक उसी गड्डे के पास बैठी रही,अपनी बेटी को याद करती रही| "माफ़ करना मेरी बच्ची! तुमपर क्या क्या बीती?तुमने कितना कुछ सहा? ये मुझे पता तक नही चला| माफ़ करना बेटा मैं तुम्हे बचा नही पाई,माफ़ करना..."

उस कमरे में एक छोटी सी खिड़की थी जिसके खुले होने पर चाँद की चांदनी उससे होकर कमरे तक आती थी तो कभी हवा के झोंके...वो खिड़की आज भी खुली हुई थी जिसमे से एक हल्का सा हवा का झोंका आता है जिसके साथ एक किताब का फटा हुआ पन्ना उड़कर आता है| जो अर्फिया के मुह पर आकर गिर जाता है, उसमे लिखा था-

'वास्तविकता से परे मैं बस एक मिथ्या हूँ|'

Written by

Manish Dixit

9 7 9 8 8 8 6 6 7 7 1 8 8